光文社文庫

さよなら、そしてこんにちは

荻原　浩

KOBUNSHA

光　文　社

目次

さよなら、そしてこんにちは

陽介《ようすけ》は急ぎ足で霊安室へ向かっていた。そこが地階のボイラー室の脇にあることは、もちろんわかっている。

外扉を開けたとたん、線香の匂いが鼻をついた。小さなロビーの向こうに安置所がある。右手の観音扉が片側だけ開き、白布をかけられたストレッチャーに男女数人が取りすがっているのが見えた。誰も陽介の足音には気づいていない。女たちは泣いていた。

部屋の片隅、彼らから少し離れた場所に、白衣を着た長身の男が佇んでいる。陽介が内扉をすり抜けたのと、白衣の男が年配のほうの女に歩みより、そっと肩を叩いたのは、ほぼ同時だった。

白衣の男が目頭に指を押しあて、洟《はな》をすすり上げた。

「お気の毒です……ああ、失礼、ついもらい泣きを……皆さんのお悲しみの様子に……心を揺さぶられてしまいまして……」

こちらに背を向けていたが、顔に垂らした長い前髪の間から、潤んだ瞳で女の目を捉えようとしているのは間違いなかった。

年配の女は驚いた顔で男を見上げる。病院の若い医師だと思っていたのだろう。そうじゃない。こいつは葬儀社ヒューマン・フューネラルの社員、芹沢《せりざわ》。陽介の同業者だ。

「私が、ぜひお力になりたいのですが、構いませんか」

足を止めてやつの猿芝居を見物してやった。たぶん次は、名刺を差し出してこう言う。

「弊社にご葬儀をお任せくだされば、他社の三分の二の価格でやらせていただきます」

もちろん、そこまで言わせるつもりはなかった。遺族からの連絡を受けたのは、陽介の会社、華岡典礼《はなおかてんれい》のほうだ。

霊安室とは名ばかりで、病院はここに長く遺体がとどまることを許してはくれない。病棟から追い出され、さりげなく看護師に「退院」の期限を宣告された遺族は、悲しみにくれてばかりはいられず、病院の契約葬儀社とその連絡先が壁に張られた霊安室のロビーから電話を寄こしてくる。

芹沢の背中を叩いて言ってやった。

「搬送、ご苦労さん、後はうちがやる」

陽介が来ていることに気づいていなかったらしい。芹沢は涙などどこを探してもない目を見開き、それから舌打ちしたそうに唇の片側をひんまげた。

芹沢の音のない舌打ちを背に受けて、陽介は遺族に名のった。明るすぎず、暗すぎない、感情を抑えた声で。

「ご連絡いただいた華岡典礼の尾崎《おざき》です。このたびはご愁傷さまでした。お迎えにあがりました」

日常的に死者が出る病院には、指定の葬儀社が複数出入りしている。華岡典礼とヒューマン・フューネラルもここの契約葬儀社だ。大きな病院の場合、葬儀社の人間が常駐していて、患者が臨終になると、医師や看護師に代わって白衣を着、遺体を霊安室に搬送する。悲しみと同時に、途方にもくれている遺族に、こう切り出すためだ。「よろしければ、うちでお世話をいたしますが」

常駐するほどの規模ではないこの病院の場合、契約していると言っても、霊安室に連絡先とパンフレットを置く権利を確保しているだけ。芹沢はホスト風の容姿を生かして日々取り入っている看護師の誰かから「もうすぐ」という情報を得たのだろう。

これ以上、ちょっかいを出されたくなかった。陽介は下方三十度ほどに落とした伏し目で、白布から覗《のぞ》く顔と、取り囲む顔ぶれを観察した。

亡くなったのは老婆。年齢は八十代後半か。その子どもらしい中年夫婦。女のほうは故人の手を握りしめたまま。男のほうは遠慮がちに遺体から身を引いている。女が実の娘で、男が婿だ、と当たりをつけた。若い男女は故人の孫。誰と話すべきかは明らかだった。

奥さんと目を合わせ、軽く会釈をしてから、片手でドアの外をさし示した。

「クルマを出口までお回しします。そろそろ先生と看護師さんをお呼びしてよろしいでしょうか」

芹沢が陽介を睨《にら》みつけて部屋を出ていく。病院内での連絡用のＰＨＳ携帯がバイブし、陽介が出るのを待たず、コール三回で切れた。後輩の久保田《くぼた》からだ。会社から運転してきた寝台車が到着したという合図。

ご遺体を寝台車に乗せ、遺族の自宅へ向かう。

フロントガラスの向こうでは、朝日に照らされて、家並みが黄金色に光っている。交通安全のお守りひとつぶら下がっていない簡素な運転席のデジタル時計が、ＡＭ６：54を示していた。

葬儀社の仕事は二十四時間営業だ。仕事の依頼は、退社した後だろうが、寝ている時であろうが、会社から転送されて、担当者の携帯電話を鳴らす。小所帯の華岡典礼の場合、休日に駆り出されることも多い。陽介は、ほんの数十分前に叩き起こされたばかりだった。遺族の手前、あくびをするわけにはいかず、深呼吸を繰り返して我慢する。ハンドルを握る久保田も、助手席の陽介も、後部座席の奥さんと孫娘に道順を聞く以外、無言を貫いている。タクシーの運転手みたいに天気の話でもできればいいのだが。

この時点では、まだご遺体の「搬送」をしているだけで、葬儀を自分の会社に任されたわけではない。クルマが到着し、安置したとたん「どこに頼んだらいいのかこれから決めたいから、帰ってくれ」もしくは駆けつけた親族に「もっといいところを知っている」などと言われ、すごすご退散することもままある。早く切り出したいのはやまやまだが、華岡典礼の社長、花岡《はなおか》によれば、「搬送中は生臭い話はいっさいするな。それがきちんとした葬儀屋のやり方だ」そうだ。そもそも後部座席の二人は落ち着いて話ができる状態じゃなかった。

しかし、花岡はこうも言う。「でも、まぁ、そこはそれ、情報収集ぐらいはきっちりやらんとな」二人の涙まじりの会話で、事情が少しずつわかってきた。

米寿のお祝いをしてあげたかったのに、と言っていたから、故人は八十七歳か。一年ほど前から入退院を繰り返していたらしい。外科病棟からの搬送だから、おそらく死因は癌。来年のお祖父ちゃんの三十三回忌までは、という言葉も聞いた。たいていの人々がそうだが、葬儀には慣れていないはず。

二十そこそこの年頃の孫娘が嗚咽《おえつ》しはじめると、奥さんも再びハンカチを取り出した。こちらも居たたまれない気持ちになるが、いちいち感情移入していては仕事にならない。おおまかな情報を仕入れた陽介は、耳を閉ざす。こういう時、搬送中の車内では、いつもまったく別のことを考えるようにしている。いまは娘のことだ。

娘といっても、この世にはまだいない。もうすぐ生まれてくる、陽介の初めての子どもだ。予定日を過ぎてもなかなか生まれず、近くに身寄りもないから、カミさんの純子《じゅんこ》は一昨日から産前入院をしている。さっき携帯が鳴った時も、最初はそちらの病院からの連絡だと思った。

医者からは、女の子だと聞かされている。だから、もう名前はつけてあった。あすな。明日南と書く。純子が考えて、陽介が漢字をあてた。国語は苦手だったのに、南を「な」とも読むことは昔から知っていた。十代の一時期、暴走族だったからだ。夜露死苦、愛羅武勇なんてペイントがまだ流行っていた頃だ。

陽介の想像の中の明日南は、小学一年生だ。出勤する陽介と一緒に家を出て、学校へ行くところ。小学生だった頃の自分にはそんな経験がないのに、なぜいきなりそんなシーンが浮かんだのか、陽介にはわからない。自分に経験がないからかもしれない。

玄関に立つ明日南の後ろ姿はまだ小さくて、赤色の真新しいランドセルに手足が生えているかのようだ。三和土《たたき》の上で新品のスニーカーを履いた両足をぱたぱた鳴らしている。

「パパー、まだぁー、先に行っちゃうよー」

「おお、ちょっと待ってくれ。探し物をしてるんだ」

純子の口ぐせにそっくりのセリフが返ってくる。

「もう、いつもそうなんだからぁ」

陽介と純子が現実に住んでいるのは、1LDKのマンションなのだが、なぜか明日南が待つ玄関は広々としていて、開け放たれた扉の向こうに門柱が見える。そうだよなぁ。子どもができたんだから、もう少し広い場所に引っ越さなくちゃ。

「なにがないの？」

「磁石、あれがないと困るんだ」北枕がどっちかわからなくなった時に。

「あ」純子似の黒目がちの瞳が見開いた。「きのう、遠足に持ってっちゃった。アスナのリュックの中だ」

「おいっ」

想像の中で、明日南が舌を出して笑っている。父親の持ち物に興味しんしんの年頃なのだ。もちろん本気で怒っているわけじゃない。陽介も笑い返した。

ギアチェンジのついでに久保田が陽介を肘で突ついてきた。

あ？

陽介の顔に視線を走らせ、それからルームミラーに目配せをする。俺の顔に何かついているのか？

ミラーに映してみたら、陽介の顔はうっすら笑っていた。おっと、いけない。

この仕事を始めたばかりの頃、接客に関する諸注意の中で、以前、半年間だけ勤めたハンバーガーチェーンの研修とはまったく反対のことを教えられた。

むやみに笑うな、だ。スマイル、マイナス三百万円。

葬儀屋の仕事を始めて四年半。自分には向いているし、そこそこ優秀な社員だと思っている。だが、陽介には欠点がひとつあった。純子には「いつも歯痛を我慢しているみたい」と言われる無愛想な顔だちで、社長からは「お前は顔がこの商売に向いている」とたびたび誉められるのだが、じつは笑い上戸なのだ。

故人の居室だった畳の間に布団《ふとん》を敷いてもらい、久保田とともにご遺体を運びこむ。この年齢で長い入院生活の末に亡くなった人間はおしなべて、拍子抜けするほど軽い。女性の場合は特にそうだ。これでよくいままで生きていたなと思うほど。人が死ぬ時には、魂の分だけ体重が軽くなるという話を聞いたことがあるが、それを信じたくなる。

ご遺体に防腐用のドライアイスを施し、寝台車に常備している燭台、香炉、花立ての三具足と鈴《りん》、線香立てで枕飾りをする。

「宗派はどちらになりますでしょうか」

ご主人のほうに尋ねた。たぶん知らないだろうが、いちおう喪主になるだろう人だから、このへんで一度、顔を立てておきたい。

「どこ？」

あんのじょう知らなかった。問われた奥さんもうろ覚えの答えを口にする。

「ほら、あそこよ、セン……じゃない……テン……そう、テン。テンゴン宗」

「そんなのあったっけ？」

「あるわよ、テンゴン宗、ねぇ」

奥さんが意地になって、子どもたちに問いかけた。娘と息子が揃って首を振っている。

やばい、唇の端がひくついてきた。明日南が生まれる日が近づくにつれて、陽介の笑い上戸はひどくなっている。神棚を封じるための半紙で顔を隠しながら、吹き出しそうになるのを堪《こら》えるために、痙攣する頬の内側を舌でれろれろれろと突っついた。

「ねぇ、葬儀屋さん、あるわよね、テンゴン宗」

れろれろれろれろ。

「……真言宗、あるいは天台宗ではないかと……」

「ほら、やっぱり」

実はたいした問題じゃない。一部の気難しい宗派を除けば、枕飾りの作法はどこもだいたい同じなのだ。だが、いちおう「どこか」と問いかけておけば、こちらがプロであることをさりげなくアピールできる。最初の遺体安置をてきぱきと、しかも丁寧にこなせば、契約は取れたも同然だ。

すべてをセッティングしてから、遺族に声をかけた。

「どうぞ、お線香を――」

自宅に帰ってきたとたん、嗚咽に震えていた奥さんのまるっこい両肩に、現実の重さがのしかかってきたようだ。涙が乾いた目で陽介の顔を覗きこみ、厄介事を口にするふうに尋ねてきた。

「お線香って、ずっと灯しておかなくちゃだめなんでしょ」

「そう言われておりますが、ご看病でお疲れでしょうし、もうしばらくお忙しい日々が続きます。こだわりすぎることはありません。みなさんでお休みになられるようでしたら、安全のためにも、消されたほうがいいと思います」

メモを取りはじめるのではないかと思うほど熱心に頷《うなず》いてくる奥さんの顔に「好感度アップ」と書いてある。陽介はいま思い出したというふうに、こうつけ加えた。

「どういたしましょう。いまここで、今後のご相談をいたしてもよろしいでしょうか。それとも、我々はいったん引揚げましょうか」

旦那さんはぼんやりと頷いたが、奥さんのほうは首を横に振った。

「いえ、いまここでお願いします」

実の娘とはいえ――いや、実の娘だからか――日々、現実を直視せざるを得ない介護をしてきた人間のほうが、気持ちの切り替えが早い。無事、契約成立の運びとなりそうだった。

陽介はまず、身内に死なれた遺族がこれから何をすべきかを、ひとつひとつ説明した。

「死亡届け、火葬手続きなどは当社のほうで代行させていただきます。まず、お日取りですが、火葬場を早めに押さえなければなりません――」

遺族との打ち合わせの時は、必要以上の感情を交えずに、てきぱきと喋《しゃべ》るようにしている。

芹沢のように遺族の感情につけ入るのは、邪道だ。悲しくもないのに泣くのは、かえって失礼だろう。

「ご葬儀に関するご相談も、させていただいてよろしいでしょうか」

ここで初めてパンフレットを取り出す。料金のメインとなるのは祭壇だ。華岡典礼の場合、白木祭壇、花祭壇、それぞれ五種類の基本プランを用意している。

特にセールストークを弄《ろう》したりはしない。たいていの客が、上から二番目、あるいは三番目を選ぶ。時おり一番高いプランを望む裕福な客はいても、最低ランクを選ぶ人間はめったにいない。葬式には金をケチるべきじゃないという意識があるからだろう。

祭壇はけっして安いものではない。選んだ客は買い取った気分になるだろうが、実際はリースしているだけ。もちろん葬儀社は同じものを何度も使う。生花は一回きりだが、業者によっては使いまわしをしているところもある。

丸儲けの商売じゃないか、と言われることもあるが、そんなことはない。陽介の給料は、同年齢の一流企業とは呼べない会社のサラリーマンと変わらないし、社長が私用で乗っているクルマは中古のコロナ。病院への契約料が馬鹿にならないのだ。病院関係者の中にはリベートを要求してくる人間だっている。

いま葬儀ビジネスは二兆円産業だ。好不況に関係なく安定した「需要」が見込まれるからだろうか、異業種からの参入も相次ぎ、新しい会社が次々と誕生している。ヒューマン・フユーネラルも、まだ三十代のビジネスコンサルタントが起こしたベンチャー。『既成概念を打ち破る企業戦略』を旗印に掲げて、ほんの数年で全国に五十数店舗を持つまでに成長した。この街ではライバルというだけで、社員十一人、専務が社長の奥さんの華岡典礼とは、会社の規模では比較にならない。人は死んでからも、この世のビジネスやマーケティングと無縁ではいられないのだ。

社長の花岡は言う。葬儀屋の仕事は「一に人助け。二に金儲け」陣頭指揮をとる時には、使いまわしする祭壇を設営、撤収するたびに「傷つけるなよ、文化財だと思って扱えや」と口を酸っぱくする男だから、たぶん一と二は逆だと思うが、なんにせよ、一、二の中にそれが入っている華岡典礼は、良心的なほうだと思う。だから最近、ヒューマン・フューネラルに押されぎみだ。

玄関が騒がしくなり、陽介と同年輩に見える夫婦と幼い子どもが上がりこんできた。奥さんが「遅い」と言っていた長男一家だということは、奥さんにそっくりな夫の顔ですぐにわかった。

長男は冷静だったが、お嫁さんは取り乱していた。部屋に入ってくるやいなや、ハンカチで顔を覆って遺体に取りすがる。

「おばあちゃん、おばあちゃん……起きて……ねぇ、起きて」

あまり揺すられると、腹部や首に当てたドライアイスがずれてしまうのだが、黙って見ているしかなかった。お嫁さんは、ひとしきり泣きじゃくると、三歳ぐらいの女の子を抱き上げて死に顔へ近づけた。

「ほら、アヤメ……大バァバがお星さまになっちゃったのよ」

人の死をまだよく理解できていないだろうアヤメちゃんが、ご遺体の鼻につめた綿を突っつきはじめた。お嫁さんは案外に冷静な素早さで、アヤメちゃんを遺体から離れた場所に着地させ、また泣き崩れた。

「……なんで……なんで、待っててくれなかったの」

畳に尻もちをついていたアヤメちゃんが、ぽつりと呟いた。

「ママのお化粧が長かったからだよ。お着替えも」

ハンカチの上から覗く、そう言われればしっかりメイクしているお嫁さんの目が、ぱちりと見開いた。アヤメちゃんが、誰の真似なのか、もうひと言つけ加える。

「なにもこんな朝早くにねぇ」

お嫁さんの震える肩が静止し、奥さんの目玉がぎろりと動いた。

久保田がボールペンを手に取るふりをして陽介の脇腹を突ついてくる。あ、いけない。またか。空咳《からぜき》を抑えるふりをして、痙攣《けいれん》している頬をさすり、口角を下げた。

表情に沈痛さを取り戻してから、正座のまま奥さんに向き直る。

「お坊さまは、どういたしましょう」

奥さんはまだお嫁さんを睨んでいた。

「あの、お坊さまのことですが」

「へ?……ああ、うちは特にねぇ、どこかの檀家ってわけじゃないから……誰でもいいのよね、テンゴン宗のお坊さんだったら」

膝に当てていた手を太腿にずらして、こっそりつねりながら、しかつめらしく答える。

「では、当方でご紹介させていただきます」

祀《まつ》ってあるご本尊をひと目見て宗派はわかった。となると、円覚寺の住職だな。初七日の席で酔っぱらってくどくどと説教を始めなければいいのだが。

「また後ほどお伺いします」

とりあえずの打ち合わせを終え、玄関ホールに出ると、口封じのために部屋を追い出されたのか、アヤメちゃんがぼんやり立っていた。

遺族の姿がなかったから、せいいっぱいの笑顔で気を引いてみる。アヤメちゃんの眉根がすぼまり、上目づかいで睨まれてしまった。

なかなか可愛い子だ。明日南ほどじゃないだろうけれど。生まれる前から、よその子どもと張り合わせるなんて、俺って親馬鹿かな。いや、ただの馬鹿か。

葬儀の日程は、慢性的に過密状態の火葬場しだいだ。ご遺族——契約が成立したから、もう喪主さんと呼べる——の家から朝一番で連絡したのだが、やはりうまい具合に空きがなく、しかも、しあさっては友引。奥さんの希望もあって通夜だけ自宅で営み、告別式は四日後の午前十一時からとなった。

友引というのは、もともと六曜が中国で生まれた時には、「先負」「先勝」の中間と解釈されていた日で、新人研修時の社長の言葉を借りれば、「この日は先んじようがどうしようが、どうせ引き分けだから、共に引くべぇか」と言った程度の意味合いしかない。「友を冥土に引っ張っていく」などというのは、日本に伝来してからの後づけの迷信だそうだ。

少なくとも、今回の顧客である、享年八十七の梅沢昌子《うめざわまさこ》さんに、誰かをどこかに引きずりこむ余力など、どこにも残っていないだろう。相手がアヤメちゃんでさえ。

日本は言霊《ことだま》の国だ。昔々のただの語呂合わせが、冠婚葬祭や行事祭事に幅をきかせる。男と女の大厄の四十二と三十三だって、どう考えても「死に」と「散々」から連想しただけ。「コーディネイトは、こーでねえと」と少しも変わらない駄洒落だ。だが、迷信だとわかっていても、たいていの人間はやめられない。「みんながそうしている」からだ。

まぁ、とにかく、そのおかげで、梅沢家の葬儀は余裕のあるスケジュールになった。陽介は市役所へ死亡届けを出しに行ったついでに、純子が入院している病院へ寄ることにした。

今朝、遺体を引き取りにいった病院とほぼ同規模で、同じ市内にある。

産婦人科は三階、内科病棟の奥だ。ちょうど昼飯時で、食事用の台車を避けながら廊下を歩く。

純子が入っている六人部屋は、手前に並ぶ内科の病室の辛気臭さとは大違いで、騒々しいほどの賑やかさだった。見舞い客や産婦同士の話し声が二重、三重にかさなりあい、新生児のきょうだいらしき子どもたちが、うろちょろ走りまわっている。部屋全体が生の活気にあふれていた。母親＋赤ん坊。人数の二倍ぶんの生気だ。

右手の窓側のベッドに純子の姿はなかった。陽介はドアのところで踵《きびす》を返す。行き先はわかっている。新生児室だ。

ナースセンターの隣にある新生児室は、廊下側が大きな一枚ガラスになっていて、生まれたばかりの赤ん坊を寝かせたベッドが並べられている。一日数回、決められた時間にここのカーテンが開けられるのは、面会に来た人間のためなのだが、その様子はさながら病院の日々の成果を披露するショーケースだ。

思ったとおり、ガラス窓に純子がへばりついていた。緑色の患者服を着て、臨月の腹に両手を添えている姿は、買ったすいかをもて余しているように見える。

「よっ」

「あらら、サボって来たの」

「どう、具合は」

一昨日の夜、病院に駆けこんだ時の純子は本当に苦しそうで、すぐにでも生まれそうだったのだが、明日南のフェイントだったらしく、三日目になっても、こちらを焦らしているように出てこようとしない。

「うん、今日は、なんだかラク。いいのか悪いのか」

「出そう？」

化粧っけがなく、出産に備えて髪を短く切った純子は、ふだん以上に子どもっぽく見える。今年成人式を迎えたばかりで、来月でようやく二十一。純子の父親からは結婚を反対されていて、入籍したいまも陽介とは会ってくれない。

「うーん、気配がなくなってきちゃった。まだ少し先かも」

ふくらんだお腹《なか》に手をあててみる。純子のお腹を触るのは条件反射のようなもの。毎回、同じ角度で同じ場所に手が伸びる。

純子の腹は温かく、硬く、いまにもてのひらに鼓動が伝わってきそうだ。少し前にご遺体にドライアイスをあてていた手で、これから生まれてくる命に触れる。なんだか妙な気分だった。

「飯、ちゃんと食ってるか」昨日の夜、面会に来たときは、夕飯をほとんど残していた。

「うん、がんばって食べてる。二人分だからね。陽ちゃんこそ、あたしがいないと思って、夕飯、カップラーメンじゃないでしょうね」

「とんでもない」カップ焼きそばだ。

純子とは一年半前から一緒に暮らしている。出会ったのは、華岡典礼の近くにあるコンビニ。純子はそこでバイトをしていた。

毎日のように、時には一日二回、弁当を買いに行き、八十食目ぐらいで店の外で会う約束を取りつけた。二人で部屋を借りよう、という陽介の提案に、首を縦に振ってくれたのは、百七、八十食目ぐらい。でも、最初は結婚のことなんて、頭の隅にも考えてはいなかった。赤ん坊のことなど頭の隅の隅にも。

妊娠を告げられた時には、喜んでみせ、すぐに入籍することを約束したのだが、正直に言うと、手放しに嬉しかったわけでもない。何かが終わってしまうかもしれない予感に、内心動揺していた。

社長は専務でもある奥さんの姿が見えない時に、よくこう言う。「結婚は人生の墓場って言うだろ。あれはほんとよ。結婚式場もじつは斎場なんよ」社長と専務の、肩書とは正反対のシビアな上下関係を見ていると、言いたいことは何となくわかる。

結婚とは、そんなものかと思っていた。第一、自分の子どもと言われても、実感がなかった。いつナニをした時の結果なのかも陽介にははっきりとわからない。

しかし、それが不思議なことに、純子のお腹がふくらんでくるにつれて、自分の目の前の景色が変わって見えてきた。こんなにいたのかと思うほど、街中で妊婦の姿ばかり目につくようになった。たまさか二人で外出すると、セックスの動かぬ証拠が恥ずかしくて、きまり悪くて、そして誇らしかった。自分が「生」を生み出したことがだ。

そして、性別が判明し、名前をつけたとたんに、お腹のふくらみの中が急に自分の子どもになった。

いまでは顔を思い浮かべることもできる。

一緒に暮らしはじめて間もない頃、純子と二人で、どこのゲーセンだったか、合成プリクラというのを撮ったことがある。ツーショット写真が一人のポートレートに変わる、カップルにもし子どもが生まれたら、というお遊びなのだが、「女の子バージョン」で撮影したその写真を見た瞬間――「男の子バージョン」でちょっとがっかりしていたせいもあったのだが――二人で歓声をあげてしまった。「ひゃあ可愛い」「すげえ美人」

もしも――もしもの話だけれど、妊娠したら籍を入れてもいいか、純子にそんな話をされたのは、それからすぐ後だ。

というわけで、陽介の想像の中の明日南は美少女だ。今朝、いきなり合成プリクラの時の顔で夢想してしまったから、午前中は少し年齢をさかのぼってみた。

お宮参りと三歳の七五三は、会社に戻る途中で済ませた。お宮参りには、結婚に反対している純子の父親も顔を見せていた。

市役所に向かう途中の明日南は、幼稚園児。運動会では一等賞。発表会ではもちろん主役。陽介が小学校の時分は、カメラやビデオを抱えて自分の子どもばかり追いかけている父親たちに、いつも「けっ」と毒づいていたものだが、頭の中の陽介は、そんな間抜け面の父親をやっていた。携帯のカメラだけじゃだめだな。デジカメ、買わなくちゃ。できればビデオも欲しい――

純子とはいつものように明日南が生まれたあとの話をする。もちろん頭の中のシミュレーションのことなど、恥ずかしくて言えるわけがない。サークルベッドを置くための部屋の模様替えや、ベビーカーを誰に借りるかなどなど、もっと現実的な話。最近は陽介のほうが雄弁だ。仕事で出会う、たくさんの失われた未来の穴埋めをするように。

毎度、同じ話の繰り返しだと自分たちでもわかっている会話が終わると、今度は他の子どもたちの無責任な品評会。だれもかれもピンク色のじゃがいもに見える、新生児室の赤ん坊の一人を指さして、純子が声を弾ませた。

「ねぇ、ほら、あの子、まだ2200グラムだよ。可愛いーっ」

新生児のベッドには、プライスカードみたいに、つけられたばかりの名前や出産時の体重が記された札が下がっているのだ。

「それに比べると、あっちの3558は、横綱だな」

「あの子、女の子だよ、ナナミって書いてある」

「横綱ナナノウミ」

「こらこら」

ようやく声を出して笑えた。笑ってる顔のほうが素敵だよ。会社の人間には、笑い顔も無愛想と言われるが、純子だけはそう言ってくれる。

梅沢家の通夜の日になっても、明日南は純子のお腹から出てこようとはしなかった。帝王切開になるかもしれない。医者にはそう言われた。だいじょうぶ、問題ない。陽介は自分にそう言い聞かせ、普段は——特に夜は——憂鬱な気分で着メロを聞く、病院からの連絡を待っている。

通夜は午後六時からだが、準備は午前中から始まる。いつもより一時間早く家を出た。

会社へ向かうクルマの中でカーコンポのスイッチを入れた。流れてきたのは、バッハの『イタリア協奏曲第二楽章』だ。

ぼんやりと聞き流す。朝っぱらから聞いて気分が浮き立つ曲じゃないし、そもそもクラシックに興味があるわけでもなかった。

自分のクルマの中では、シャンソンも、ヒーリング音楽も、Ｊポップも、民謡も、タンゴも聞く。仕事のためだ。

最近は葬儀の時に音楽を流すのが流行りだ。今回の喪主さんのように、お仕着せのもので満足してくれればいいのだが、時には曲を指定されたり、とりあえず聞かせろ、決めるのはそれからだ、という客もいる。そうなるとこちらも詳しくないといけない。

華岡典礼はもともと小所帯のうえに、一年前、古参社員が数人を引き抜いて独立してしまったから、人手不足だ。去年、入社四年目にして早くもチーフに昇格した陽介は、一人でなんでもこなさなくちゃならない。葬儀用BGMの選曲もそのひとつ。まぁ、社長がケチで外注を嫌うせいでもあるのだが。

最近の流行りは、去年の紅白で人気に火がついた『千の風になって』。喪主さんの世代に合うのか、ジョン・レノンにも根強い人気がある。先月、元海軍軍人が故人だった時には、霊柩車を軍艦マーチで見送った。

陽介が華岡典礼に入ったのは、二十四歳の時。高校卒業後、自動車整備工場で働きはじめたのだが、入社してすぐ、自分がバイクやクルマは好きだけれど、メカは好きではないことに気づいた。そこを半年足らずで辞め、その後、職をいくつか替えた。でも、自分に向いていると思える仕事はひとつもなかった。

新聞で華岡典礼の小さな募集広告を見たのは、運送会社の仕事を辞めてぶらぶらしている時だった。高卒可の文字を何度も確かめてから面接に行った。一度ぐらいネクタイを締め、スーツを着る仕事がしてみたかったのだ。「定職もなくぶらぶらしているゾクあがり」周囲のそんな目を見返してやりたいという気持ちもあった。

当たり前のことだが、葬儀屋は日々、他人の死に直面する仕事だ。医者や坊さんより。「たくさんの死体を見続けていると、ホトケさんの声が聞こえてくるんだよ」なんて言ってる、二時間ドラマの刑事より。声が聞こえたことはない。死者は誰もが無言だ。

自分は死には慣れている、と陽介はタカをくくっていた。父親は六歳の時に、母親は二十になる直前に死んだ。どちらの死に顔もよく覚えている。

バイクで死んだ仲間も二人いる。こちらは死に顔を見たのは一人だけ。もう一人は両親から「お前らのせいだ。とっとと消えろ」と葬儀場で門前払いをされた。

だが、そんなに甘くはなかった。死に慣れることなんてできない。

新入社員の頃は、新婚早々の奥さんを亡くした若い喪主さんに同情して、一緒に泣いてしまったり、遺族が嘆き悲しんでいるすぐ隣で、酔っぱらってガハハ笑っている親族のオヤジに腹を立てて、シメてやろうかと本気で考えたり。仕事のたびに心を疲弊させていた。

社長によく説教をされたのはこの頃だ。

「俺たちが一緒に悲しんでどうする。いまは悲しいかもしれないけど、残された人には残された人生があるんですよ、そう気づかせるのが、俺たちの仕事だろ。違うか」

寝台車のガソリン代にまで小言をいう男にしては、いいことを言う。そうかもしれないと陽介も思う。外国のことはよく知らないが、日本の葬式はけっこう変だ。

喪主は雑事でどたばたして、悲嘆にくれている暇もない。誰かが泣き崩れている隣で、酒で顔を赤くした誰かが笑いころげている。そうした喧騒と狂乱の中で、人は身近な人間を失った悲しみを少しずつ忘れていく。案外によくできたシステムなのかもしれないと、思うこともある。

いまでも、故人が自分より年下だったり、まして小さな子どもだったりした時には、仕事を放り出したくなる。死亡診断書に記された年齢が、親爺やおふくろの享年と同じだとわかった時には、平静ではいられなくなる。死因がバイク事故だった時も。だが、むやみな笑顔と同様、葬儀屋は涙も見せてはならない。笑い上戸の人間が往々にしてそうであるように、じつは泣き上戸でもある陽介には、つらい。

とはいえ今年で五年目。対処法は身につけた。感情移入をしてしまいそうな時には、別のことを想像するのだ。臨終後の搬送から火葬場への移送までの数日間、できるだけ長く頭を満たすことのできるもので。純子と出会う前のそれは、クルマのことだった。現実には手の届かない車種に太いタイヤを履かせ、ハンドルをモモに換え、フルエアロを組み——ゆっくりと時間をかけて頭の中で改造していた。

純子と出会った頃には、デートコースのシミュレーション。同棲を始めたばかりの頃はセックスのあの手この手。ご遺体のすぐそばで勃起することもあった。そしていまは、生まれてくる子どものこと——

頭の中の明日南は、もう小学五年生ぐらいに育っている。何歳まで一緒に風呂に入れるものなのか、陽介が悩んでいるからだ。

屋外の設営を終えて、久保田と部屋の幕張りを始める。梅沢家には続々と親族が集まっていた。

　喪主さんたちに、女たちは皆ハンカチを握りしめ涙まじりの言葉をかける。男たちは沈痛な面持ちでお決まりの悔やみの挨拶を口にする。だが、そのうちにひそめていた声は、声高な世間話に替わり、あちらこちらで笑いがはじける。小さな子どもたちがおとなしくしているのは最初のうち。いくらも経たず駆けまわりはじめる。故人の昌子さんだけが、静かに沈黙を守り続けている。

「八十七まで生きたんだ。祝い事だよ、むしろ。カヨちゃんもよく頑張った。ほら、元気だして」

　線香を上げていた親族の男が、奥さんの肩を叩く。その真後ろにちんまり座った、故人と同年輩の老婆が睨みつけていることには気づいていない。

「さ、祝いだ、お祝いだ」

　男の母親だろうか、老婆が男の背中にぴしゃりと声を浴びせた。

「あんただってもうすぐ六十だろ。あっと言う間だよ、八十、九十まで。あんたの還暦祝いに死んでやろうか」

「ああ、やめてくれ。その前ならいいけど」

　久保田が手にした白黒の鯨幕を口もとにあてている。目が上向きの三日月形になっていた。

「おい」とたしなめる陽介も鯨幕で顔を被う。

親族の中に、セーラー服姿の少女がひとり。中学生だろう。思わず目を止めてしまった。少女にではなく制服に。濃紺の清楚な服だ。陽介が通った公立校の、女子生徒たちがとんでもない上方までスカートを裾上げしていた制服とは大違い。どこの中学だろう。明日南にも似合うだろうか。陽介は幕の強度を確かめながら、ぼんやり考えていた。

そうだ、明日南の中学はどうしよう。私立に通わせようか。お嬢様に育てる柄じゃないが、荒れてるところはなぁ。イジメもあるしな。公立の場合、単純で暴力をともなうイジメが少なくないのだ。陽介の学校がそうだった。自分が中学時代に学校でやってきたことは棚に上げて、陽介はまだ生まれていもしない娘の進学を心配した。

私立の学費なんて、いまの安月給で払えるかな。あ、でも、その頃の俺は、いまの俺じゃない。明日南が中学に入る頃には、陽介は四十代になっている。そんな年齢になった自分を想像したことは、いままではなかった。

子どもの将来を考えることは、自分の年を逆算することでもあるらしい。考えてみれば、自分をまだまだガキだと思っていた陽介にも、三十歳が間近に迫っている。そう考えると人生は短い。

明日南が成人式の時には五十。いまの自分の年になる頃には六十。ということは——

逆算を始めると、人生は怖い。

九十近いだろう老婆が怒るのも無理はない。本人にしてみれば、何歳だろうと祝い事なんかじゃないのだから。

陽介はスタンドマイクに向かってしめやかな声を出した。告別式当日だ。

「ご導師さまのご入場でございます――」

葬儀場に今日の導師、円覚寺の昭乗和尚《しょうじょうおしょう》が入ってきたとたん、「拍手でお迎えください」と続けそうになってしまい、慌てて言葉をのみこんだ。

なぜ間違えそうになったのかといえば、他でもない、いま陽介のシミュレーションの中では、明日南が嫁に行ってしまうところなのだ。頭に浮かぶのは自分が反対しているシーンばかりだったのに。

相手はまだ若い男で、ついこの間まで定職もなくふらふらしていたようなヤツ。想像の中の明日南は「パパに似ている人」などと言うが、ろくなもんじゃない。陽介はちゃんとした企業のサラリーマンと結婚して欲しかった。

「皆様、ご一礼ください」

間違えかけたのは、昭乗和尚のせいでもある気がする。背が低く丸っこい体形で、ハの字眉とだんごっ鼻と落ち着きのない挙動が、宗教家というより落語家を想像させる坊さんだ。祭壇に進む姿は、受けを狙っているのかと疑ってしまう、前屈みの急ぎ足。

いまも祭壇の手前で滑りそうになってたたらを踏んで、参列者から失笑を買っていた。もちろん陽介が笑うわけにはいかない。腹筋に力をこめ、口の中でこっそりれろれろと舌を動かしながら、横隔膜からせり上がってくる衝動に耐えた。

しかも昭乗和尚の宗派は読経の時のパフォーマンスが派手だ。和尚は小柄なうえに頭の鉢が大きいから、それが仏具を悪戯《いたずら》する子どものしぐさに見えてしまう。そっぽを向いていたいが、司会である以上、それができない。さらに悪いことに、和尚の頭に蝿がとまった。そいつが禿頭《とくとう》の周囲を歩きはじめる。気づいた参列者の中から忍び笑いが漏れた。陽介には拷問だ。

明日南の結婚式の続きを考えることにする。こちらはしんみりしたシーンなのだ。花束贈呈。

大人になった明日南は、コンビニのレジで初めて出会った時、陽介が思わずカツ重弁当を取り落としそうになった時の純子によく似ている。

「お父さん、ありがとう」

明日南が声をかけてくる。もちろん陽介はこんな時に泣くほどヤワじゃない。でも、そのシーンを想像すると、和尚の頭の上を散策している蝿が気にならなくなった。

明日南はまだ二十歳。大学に行かせて、いい会社のOLになって欲しい気もするが、大学なんて陽介の想像外。いい会社というのも、社長が専務に職場で酒の飲み過ぎを叱られるような所じゃないだろうぐらいしかわからない。「お父さん、学がない」なんて馬鹿にされるのもなんだか嫌だ。だから想像の中の明日南には、早々と嫁に行かせてしまった。純子と同じ年。まぁ、しかたない。人生は順ぐりだ。

出棺の時が近づいてきた。四年半この仕事をしていても、いまだに慣れない、陽介の鬼門の時間だ。聞き慣れている自分で選んだＢＧＭなのに、流れてくるシベリウスの『悲しみのワルツ』に、鼻の奥へ棒を差しこまれた気分になってくる。

久保田が棺の蓋を開け、たっぷり生花を盛ったトレイを抱えて、参列者に呼びかけた。

「どうぞ、皆さまの手で、故・梅沢昌子さまをお花で飾ってさしあげてください」

葬儀のクライマックス。死から何日かが過ぎ、引き潮になっていたはずの遺族の悲しみが、最後の大波となって戻ってくる時だ。

あちこちですすり泣きが始まった。誰よりも激しく泣いているのは、お婆ちゃん子だったという孫娘さん。彼女のそれは慟哭だった。

昔ならともかく、チーフに昇格したいまの陽介は、鼻の奥を突いてくる見えない棒の解消法を知っていた。目を大きく剝き、頭の中でできるだけ能天気な歌——たとえば、おおブレネリ——を歌う。

おおブレネリ　あなたのおうちはどこ

それから上下の唇を交互に内側へ巻きこんで前歯で嚙みしめる。人に悟られないようにやるには少々コツがいるが、効果はてきめんだ。

ヤッホー　ホトララ　ヤッホ　ホトララ
「ほら、アヤメも」

お嫁さんが泣きながらアヤメちゃんを抱き上げた。今日のアヤメちゃんはダークグレーのフォーマルスーツを着ている。ミキハウスだろうか。いや、コムサデモードか。最近の陽介は子ども服にくわしい。

「大バァバとお別れよ。おハナを飾ってあげて」

お嫁さんがそう言って一輪を握らせると、何を思ったか、アヤメちゃんは故人の鼻の上に落とした。ストライク。胡蝶蘭がけっして高いとは言えない故人の鼻を包み隠す。

誰かが笑った。奥さんだ。それにつられて、さっきまで号泣していた孫娘さんも。旦那さんも。

泣き笑いだ。それを合図にしたように、吹き出すのをこらえていた参列者たちも、どっと笑う。お嫁さんは向こうずねを打ったような表情で首を縮め、その胸ではアヤメちゃんが、みんなが何を笑っているのかときょろきょろ首を振っていた。

そうだよ、これが日本の葬式。明るいんだか暗いんだか、上品なのか下品なのか、正しいのか間違っているのかよくわからない葬式だ。でも、きっと、これでいいんだ。頬の内側を舌で突つきながら、陽介は思った。葬儀屋の自分も一緒に笑えればいいのに、と。

携帯が鳴ったのは、火葬場から斎場へ戻り、最近の葬式のごたぶんに漏れず、ただちに初七日を行っている時だった。

病院からだ。純子が分娩室に入ったという知らせ。

初七日を行っている会場は、斎場が指定した制限時間を過ぎているのだが、昭乗和尚が、くどくどと功徳がどうのこうのと、酔って始めた法話をなかなかやめようとしないから、会はまだ続いている。

お骨を携えて斎場を去る喪主さんを見送るまでがチーフの仕事なのだが、今日ばかりは勘弁してもらうことにして、久保田に後を託し、斎場を出た。

純子、待ってろよ、すぐ行くからな。けっして楽な出産ではない、電話でそう聞かされた時から、明日南のシミュレーションは頭から消え去っている。陽介の心は一気に方向転換した。

どんな子でもいい、生まれてきてくれさえすれば。

人の死が偶然であることをたくさん見てきたから、陽介にはなんとなくわかるのだ、人の生もまた偶然であることが。

病院に向かう途中で、また携帯に連絡が入った。社長からだった。純子が産前入院したことは話してあるのだが、仕事を抜けたのは無断だった。

――尾崎か、カミさんの入っている病院に行くんだって？

「すいません。迷惑かけますが……」

――どっちが大切だと思ってるんだ。

「え」

社長は昔、葬儀の司会をしている時に母親が危篤という知らせを受けたが、そのまま仕事を続けて、死に目に遭えなかったという逸話を持つ人だ。説教だろうか。今日は聞かないぞ。

――謝る必要なんて、どこにもないぞ。大切なのは、死んじまった人より、これから生まれてくる赤ん坊だよ。ご遺体は古いアルバムよ。ページをめくり返すだけ。遺影はいつだって見られる。子どもは一秒ごとがシャッターチャンスだもの。

「……何か用事ですか？」

嫌な予感がした。社長が坊さんの法話めいた「ちょっといい話」した後にはもれなく、無茶な頼み事や、社員に言いづらいセリフがついてくるのだ。

――その病院で、いましがた、ご遺体が出たのよ。うちに連絡が来た。みんな出払っちまっててさ、俺もいますぐには身動きとれんのね。ついでといっちゃあ何だが、とりあえずお前、ご遺族と顔つなぎだけしといてくれないか。

「かんべんしてください」

――頼むよ。一時間で行く。あそこ、ヒューマンも入ってるの、知ってるだろ。あいつらが絶対にちょっかい出してくるからさ。

「切りますよ」

――頼

出産には立ち会わないと決めていた。だから陽介にできることは、分娩室の外のベンチで貧乏ゆすりをし、立ち上がってうろうろ歩き、また座って貧乏ゆすりを続ける。それだけだった。

こうしていても苛《いら》つくだけだ。しかたない。仕事、してくるか。

この病院の霊安室も、陽介にとっては、他の業種のサラリーマンの商談用ブースのようなもの。場所は熟知している。一階の警備員室の隣。もう一度だけ貧乏ゆすりをしてから、立ち上がった。

線香は焚かれていなかったが、霊安室は香の匂いに包まれていた。ここでは常に消えることのない匂いなのだ。

この病院の場合、安置場所はロビーというより廊下の続きに等しい狭いスペースの先に、小さなひと部屋があるだけだ。

遺体に寄り添っていたのは、二人。五十前後とおぼしき男女だ。人目をはばからずに泣いている。人目というのは、いま入ってきたばかりの陽介ではなく、部屋の隅で目頭を押さえている白衣の男のことだ。芹沢。社長の言葉は正しかった。やっぱり横取りを狙っていやがったか。

ストレッチャーの上の遺体をひと目見て、息をのんだ。

まだ若い娘だ。二十歳前後。過ぎていたとしてもほんの一、二歳。十代かもしれない。陽介が頭の中で育て上げ、ついいましがた嫁に行った明日南と同じぐらいの年齢だった。

頭の奥で何かが切れる音がした。まだプロローグで、これからドラマが始まるはずだった映画のフィルムが切断され、スクリーンが突然真っ暗になる、たとえばそんな音。あるいは、残りがたっぷりあったはずの分厚いアルバムのバインダーの綴じ紐が千切《ちぎ》れ、まだ白紙のページがばらばらと床に落ちる、その瞬間の音。

だめだよ。子どもは親より先に死んじゃだめだ。それは、反則。ふい打ちだ。

母親が遺体の頰を撫《な》でながら、まぶたの動かない寝顔に語りかけていた。

「長い間、がんばったんだから……もういいよね、イズミ……もう、楽ね。ねぇ、イズミ……ゆっくりおやすみ」

闘病生活が長かったのだろう。遺体となった娘は痩せ細っていた。ニットキャップをかぶっているところを見ると、髪が抜け落ちてしまっているらしい。頰がこけ、顔色は悪いが、死に化粧をしたら、きっと美しい娘に違いない。

葬儀屋失格だ。ふいに陽介の両目から、もう何年も流さないようにあの手この手で防ぎ続け、最近は流し方すら忘れてしまっていた涙がこぼれ落ちた。

芹沢はお得意のせりふを口にしている。

「……ああ、失礼、ついもらい泣きをしてしまいました」

なにやってるんだ、こいつ。陽介が睨みつけると、芹沢が顔を覗きこんできて、ふふんと笑った。俺と同じ手口だな、という顔。ひそめ声を出すつもりが、つい声を荒げてしまった。

「仕事が欲しけりゃ、お前のところでやればいい。だから、いまは葬式の話なんかするな」

旦那さんが涙でぐしゃぐしゃになった顔をあげる。陽介たちに怒るでも呆れるでもない、陽介と芹沢がなぜここにいるのかどころか、なぜ自分と娘がこんな所にいるのかすら、うまく理解できていない表情だった。葬儀屋にとってはチャンス。芹沢が見逃すはずがなかった。悪びれずに声をかける。

「ヒューマン・フューネラル社です。このたびのメモリアル・セレモニーをぜひ当社にお任せいただきたく――」

旦那さんは腫れた目で、ぼんやり芹沢の顔を見つめ返しただけだ。その耳には誰の言葉も入らないようだった。芹沢が標的を奥さんに変えて、もう一度、同じせりふを口にした。奥さんは、芹沢には答えずに、陽介に濡れた瞳を向けてきた。

「あなたも葬儀屋さんなの？」

正直に答えた。

「はい。でも今日はプライベートで来ました」

奥さんがまばたきをする。まつ毛から涙の粒がひとつぶ落ちた。言うべきではないと思ったが、他の言葉は思いつかなかった。

「今日ここで、娘が生まれるんです」

頬を張られるのを覚悟したが、奥さんは泣き顔をほんの一瞬だけ笑顔にしてくれた。

「それはよかった。大切にしてあげてね」

「ありがとうございます。そうします」

微笑み返していいのかどうかわからなくて、とりあえず顔を隠すために、陽介は頭を下げた。


なかなか降りてこないエレベーターに苛立って、三階まで一段飛ばしで階段を駆け上がる。

産婦人科に続く廊下を走った。顔見知りの看護師長の声が飛んでくる。

「華岡典礼さん、何やってるの、走らないでって、いつも言ってるでしょう」

分娩室のドアは開いていた。陽介を招き入れるように。生まれたんだ。

同じ病院の中なのに、分娩室は霊安室とはまるで様相が変わる。医療器具が所狭しと並んだ雑然とした部屋だ。照明が白々と強く、空気は湿っぽく、そして生暖かい。それなのにどことなく似た場所に思えてしまうのは、その違いが、入り口と出口の違いだからだろう。

陽介に気づくと、分娩台の純子がこちらを向いた。フルマラソンを走り終えたランナーさながらにたっぷり汗をかき、ひどく疲れて見え、そして満足そうだった。金メダルをとったみたいに。

看護師さんがまな板並みのサイズのベッドで、野菜を洗う手つきで赤ん坊の体を拭いている。あれが、明日南？　明日南は細い声で泣いていた。

なぜだろう。赤ん坊の産声は、出棺前の最後の別れの時に聞く、人々の慟哭に似ている。

「ほら、元気な女の子よ」

看護師さんが陽介にブランケットでくるんだ赤ん坊を差し出してきた。想像の中で育ててきた明日南とは似ても似つかない、赤らんだ茹でじゃがみたいな顔だ。

ずっとずっと笑うのを我慢していた陽介は、明日南に、そして純子に、赤ん坊に負けない、くしゃくしゃの笑顔を向けた。

ビューティフルライフ

東京には本当の空がない――どうせ誰かの受け売りだろうけれど、晴也《せいや》の父、政彦《まさひこ》はある日そう言い、突然家族に宣言した。

「来月、引っ越しだ。本当の空がある場所へ」

十四歳にして父親の刹那的な性格には慣れっこの晴也はいまさら驚きはしなかったが、姉のひかるは携帯メールに走らせていた親指をとめて、しっぽを踏まれた猫そっくりの声を出した。

「なにそれ、聞いてないよ！」

半年前、会社をリストラされて毎日ぶらぶらしているうちに剃らなくなってしまった無精ひげを撫《な》でながら、父さんは姉ちゃんの顔の前に指を突き出した。

「だからいま聞いてくれ。父さんは農園を経営しようと思うんだ」

ぱちぱちぱちぱち。母の律子《りつこ》が胸の前で小さく拍手をする。どうやら二人の間ですっかり話がついているらしいことに、姉ちゃんはさらに怒った。

「なんでそうなるの！　やだ。あたし、やだからね。親の職業欄に農業だなんて書きたくないよ！」

ちっちっちっ。父さんがひとさし指を振って舌を鳴らした。「ちょっと違うんだなぁ。ファーマーだよ。父さんたちはファーマーになるんだ。有機農法の農園を経営して、ブルーベリーやメロンを育てるんだ。山羊を飼い、乳をしぼり、ヨーグルトもつくる」

「カマンベールチーズも」

母さんが瞳の中に星をまたたかせて、胸の前で手を組んだ。どこが違うのか晴也にはよくわからなかった。わかってることは、父さんがつくるという作物が長ネギやゴボウだったら、母さんはけっして賛成しなかっただろうってことだ。母さんは十六歳の姉ちゃんよりよほど少女っぽい人なのだ。良くも悪くも。

「農園の名前も決めた。グッドモーニング・ファームだ」

父さんがその名前を舌先で味わうふうに発音する。母さんが誇らしげに言い添えた。

「私が考えたのよ」

グッドモーニング・ファーム——さほど悩んでつけたわけじゃないと思う。なにせ晴也たち一家の苗字は朝岡《あさおか》だ。

「澄んだ空の下で暮らし、自ら土を耕し、きれいな水を飲み、とれたての味覚で食卓を飾る。それがどんなに素敵なことか、想像してごらん」父さんが何度も書き替えた演説原稿を読むように言う。母さんがマンションの天井を見上げて本当に想像している。「それこそ人間の本来あるべき姿だ。父さんの長年の夢だったんだ。サラリーマンなんてしょせん何も生産しないものな」

最後のひと言は憎々しげだ。この半年間、あちこちの会社の面接を受け続けていた時に、嫌なことがいろいろあったのかもしれない。クロス張りの天井を見上げて、それぞれの夢を見ている父さんと母さんに、姉ちゃんが目覚まし時計みたいな声をあげた。

「会社をつくるって言ってたじゃない。インターネットの広告をつくる会社の社長になるんだって」

「あ、あれはムリ。準備資金だけで二千万だもの。銀行も金を貸さんし。広告業界も頭打ちみたいでさ、会社つくるどころか、再就職の口もない。新規就農相談センターってとこに問い合わせたら、驚いたよ。いまどき、人材の売り手市場、失業者の蜘蛛《くも》の糸」

父さんが急に現実的な口調になる。欲しかったのは、本当の空というより新しい仕事らしい。何か言いかけた姉ちゃんの口を塞《ふさ》ぐように父さんは言った。

「なに、外国へ行くわけじゃない。新しい家は東京からたった三時間だよ」

＊

東京から六時間かかって——サービスエリアで昼食を食べた時間と、クルマの中で『チーズのつくり方』という本を読みふけっていたおかげで母さんの気分が悪くなって休憩した時間を入れると、七時間二十分──晴也たち四人は新しい家へたどりついた。

何度もここと東京の家──もう元の家になってしまったけれど──を往復している父さんは、手慣れた様子で木製の門を開けた。門にも、先端が三角形になった柵にも、白いペンキが塗られている。塗りむらがひどいから、自分でやったのだろう。父さんがお客さんを我が家へ招くような手つきをした。

「ようこそ、グッドモーニング・ファームへ」

もちろん母さんもすでに下見をしている。新しい家を初めて見た晴也は、母さんが父さんに賛成した理由がすぐにわかった。想像していたような藁葺《わらぶ》き屋根ではなくて、濃いグレーの三角屋根。壁はライトグリーン。本物かどうかはわからないけれど煙突もついている。外国から土台ごと運んできたような建物だ。母さんは行きつけのファンシーショップで、とんでもない金額の値札がついたドールハウスを眺める時の瞳をして、晴也たちを手招きした。

「ひかる、晴也。ほら、見て見て。赤毛のアンの家みたい。チューダー朝様式って言うのよ」

父さんが何か言いたそうな顔をして、そっと首を横に振っていた。たぶん違っているのだと思う。

八月の終わりの空気が熱く湿った、いまにも雨が降りそうな日だった。映画の中の不吉な前兆を現すシーンみたいに鉛色の雲がどんより垂れこめていたから、父さんの言う本当の空は、晴也たちが暮らしていた墨田区の空とどう違うのか、よくわからなかった。

引っ越しセンターのおまかせパックのトラックが先に到着していて、家の中に荷物を運んでいた。東京に比べたら家は馬鹿みたいに安く、退職金とマンションを売った金でおつりがくる、と父さんは胸を張るのだが、父さんがリストラされて以来、うちの家計が楽じゃないことは、いままでオージービーフだったすき焼き肉がアメリカ産になったことや、一人三本だった海老フライが、二本ずつになったことでもわかる。それなのに、引っ越しを高いおまかせパックにしたのは、父さんにギックリ腰の気《け》があるからだ。

「これから農園をやろうっていうのに、ギックリ腰になったらシャレにならない」と父さんは言うのだけれど、そもそもアスパラガスみたいに痩せているくせにお腹《なか》は出ていて、すぐギックリ腰になる父さんに、農業ができるものなのだろうか。今回の話を聞いて以来、晴也の頭の上には、ネオン管みたいなクエスチョンマークが浮かび続けている。

新しい家の後ろには、深い木々に覆われたおわんの形の山がひかえている。その背後には「山」という漢字の象形文字を想像させるようなさらに高い山がそびえていた。空から神様が巨大な手を伸ばして、ていねいに形を整えたんじゃないかと思えるほど、きれいなシルエットだった。見渡すかぎり、晴也たちの住まい以外に、建物はない。

「この家は、別荘として建てられたものらしいんだ。週末カントリーライフってやつだな。ほら、あそこに畑の跡があるだろ。休日に家庭菜園気分で農業をやるつもりだったらしい」

父さんが家の右手に続く草ぼうぼうの空き地へ横目を走らせて鼻を鳴らす。「ふふん、そういう生半可な気持ちで始めたって、長続きはしないってことだな」

晴也は空から大きな手が降りてきて、父さんの頭をひっぱたくんじゃないかと思った。

「異人館のうろこの家みたい。思い出すわぁ、神戸」母さんは老朽化してかさぶた状になった壁にも感動の声をあげる。「ほら、ひかる、晴也、見て見て」

しかし、触ったとたん壁がボロボロと崩れた。母さんはあわてて破片を拾い上げて、もとの場所に押しこみはじめた。

「なに、これ、信じらんない！」ふてくされてメールを打っていた姉ちゃんが、携帯の画面を見つめて目を丸くした。「アンテナ立たないじゃない！」

父さんが肩をすくめた。

「ああ、そうなんだ、山の麓《ふもと》だから電波が届きにくいらしい。でも心配するな、ちゃんと不動産屋に聞いておいた。ほら、あそこ。あそこに行けば、つながるらしいぞ」

父さんが指さす先を姉ちゃんの目が追う。視力０・５だから年寄りみたいに目を細めて、それから絶叫した。

「嘘っ！」

そこは、笹が生い茂る急斜面を上《のぼ》りつめた、小高い丘の上だった。

「あらあら、ご苦労さま」引っ越しセンターのトラックを女子高生並みの声で見送った母さんは、父さんの契約したおまかせパックが荷解きまではしてくれないプランだって知らなかったみたいだ。家の中に開けていない段ボールが山積みされたままなのに気づいて、急に声のトーンを低くした。「あらあらあら」

一階にはリビングとダイニングとキッチン。リビングには暖炉が置かれていて、掃き出し窓の向こうには広いテラスがある。二階は寝室だ。廊下の片側に三部屋が並んでいる。出窓つきの八畳間が自分の部屋だと聞いて、姉ちゃんの機嫌が少し直った。

時刻は午後五時半。西に傾いた夏の光が部屋に射しこんできた。母さんがお気に入りの花柄カーテンを窓に取りつけ、引っ越しセンターが邪険にぎゅうぎゅう詰めにしていたぬいぐるみやアンティーク小物を並べ替えはじめると、父さんは自分の肩をもんで言った。

「明日からにしようよ。腹減っちまった。どこかへ飯を食いにいこう」

「その前に、ご近所のみなさんにご挨拶《あいさつ》したほうがいいんじゃない？」

母さんは引っ越し荷物の中からラッピングしてリボンをかけた袋をいくつも取り出した。中身は姉ちゃんがありがた迷惑って陰口を叩いていた、手作りのパッチワーク小物だろう。たぶん母さんは頭の中で、赤毛のアンのミセス・リンドみたいな隣人を想像しているのだと思う。

「田舎って、都会よりおつきあいが親密なんでしょ？」

父さんが片手でその言葉を振り払った。

「明日、明日。近所って言ったって、いちばん近い家まで三百メートルあるんだぞ」

「お隣まで三百メートル！」

そこまでの距離のすべてが自分の敷地だとでもいうように母さんが感動の声を漏らす。

「ひさしぶりに焼き肉でも食いにいくか」

父さんはもうビールジョッキを前にした顔になっている。

晴也は言った。「僕は石焼きビビンバ」

姉ちゃんが言う。「お寿司がいい」

母さんが言った。「新しい家での、最初の記念すべき夜だもの、私が特製料理をつくる。材料がかぎられているから、いつもほど味の保証はしないけれど。ブロッコリーとホタテのシチューとカッテージパイはいかが？　デザートはリンゴのタルトよ」

母さんの言葉を誰もが聞かないふりをした。母さんは料理が下手なわけじゃないが、妙にはりきった「特製料理」の時には、たいていろくなことはない。『若草物語のお料理レシピ』なんていう魔術解説書みたいな本を参考にするからだと思う。それに、いまの場合、もっと重要なことだけれど、母さんの特製料理は最低でも三時間はかかるのだ。デザートまで待っていたら四時間半。母さんはスローフードよ、と笑うけれど意味が違うと思う。

「じゃあ、イタリアンはどうだ」

「僕はにんにくスパゲッティ」

「回転寿司」

「ポークといんげん豆のシチューは?」

朝岡家の外食の行き先はこうしていつも決まらない。頃合いと見て、父さんがいつもの決めぜりふを口にした。

「よし、こうしよう。ファミレスだ。それなら文句あるまい?」

クルマのキーに手を伸ばしかけた父さんに、晴也はずっと気になっていたことを聞いてみた。

「ねぇ、ファミレスはどこにあるの」

父さんの手が宙でとまった。何かを思い出した表情をし、それから顔をしかめる。高速道路を降りてから三十分以上は走ったはずだが、ファミレスどころかコンビニを見た記憶もない。

「行こうよぉ。走ってれば、どっかにあるよ」

姉ちゃんが口を尖《とが》らせたが、父さんは動かない。背中が「ない」と言っていた。母さんが自分の胸を、とんと叩いた。

「おやおや、やっぱり私の出番のようね」

「お寿司お寿司お寿司」足をばたばたさせて連呼する姉ちゃんを「この辺は海が遠いから魚はまずいぞ」と父さんがなだめる。母さんは、こんなこともあろうかと思って、と呟《つぶや》きながら「冷蔵庫」と書かれた段ボールから缶詰やスープストックを取り出す。

「やっぱり、いいわぁ。こういう広いキッチン。でもコンロは三つ欲しいとこよねぇ、当面は我慢するにしても。網焼き用オーブンもないし。電子レンジにもデジタルタイマーがついてないし。あらあら、スパイス収納ボックスもないのね」

二人で下見に来た時、何か約束をさせられているのか、キッチンから聞こえてくる母さんのひと言ひと言に、父さんは、びくんと肩を震わせた。

「あなたぁ〜　この瓶、開かないんだけど、開けてくれる〜」

「はいはいはいはい」

三時間二十分後、午後九時近くになってようやくキッチンからシチューの煮える匂いがしてきた時には、みんな空腹のために無口になっていた。

父さんは缶ビールを買ってこなかったのを後悔している表情で、ペットボトルのウーロン茶をすすりながらナイター中継を見ている。

晴也はCDを聴いていた。野球よりサッカーのほうが好きだ。中二の時からサッカーボールは蹴らなくなってしまったけれど。

「晴也、うるさいよ」

姉ちゃんに叱られてヘッドホンをつけた。

姉ちゃんはイルカの写真集を眺めている。機嫌が悪い証拠。気を鎮める時の愛読書なのだ。

いつもならとっくに自分の部屋に閉じこもってしまうところだけれど、今日はリビングのテーブルに足を載せたままだ。新しい家の二階に一人でいるのが怖いのだと思う。アプリコット・ブラウンに染めた髪に笹の葉っぱがついているのは、日が暮れるまで丘の上で携帯メールを打ち続けていたためだ。

テレビでアナウンサーが声を張り上げていた。

——一部地域を除いて、このままナイター中継を続けさせていただきます。

「もうそんな時間か……」父さんはキッチンに聞こえないようにぼやいて、東京では見かけないCMを流している画面をぼんやり眺め続ける。それから目をむいた。ナイター中継が終わってしまったからだ。

「できたわよぉ〜」

母さんがのどかな声をあげた。リンゴのタルトはあきらめたようで、リンゴがそのままデザート皿に載っている。それでもウサギむきにするのを怠らないところが母さんらしい。

「せっかくだから、テラスで食べない？　素敵なテーブルがあったじゃない。ロマンチックだわぁ、高原の夜空の下でポトフ」

みんなには答える力が残っていなかったが、キッチンで味見を口実につまみ食いをしていた母さんは元気いっぱいだ。キャンドルも出そうかしら、そう言って段ボールの中をのんびりかきまわしはじめて、三人の冷たい視線を浴びる。

「こんなところでお夕食なんて夢みたい」

母さんはクリスマス用のキャンドルをともし、特別な儀式のルールといった足どりで掃き出し窓に近づく。カーテンを開け、窓も開け放とうとして、そこで手をとめた。

花柄カーテンの向こうはまだら模様だった。窓一面の模様はもぞもぞ動いていた。網戸にびっしりと蛾が集まっているのだ。大小無数の羽。大きいのはてのひらほどもある。蛾だけではなく見たこともない不気味な虫も這いまわっていた。

母さんは背中を向けたまま五秒ほど静止し、それから意味もなく「ほほほ」と笑って、ぴしゃりとカーテンを閉めた。感情を失った笑顔で振り返る。目には現実を拒絶する薄い膜が張られていた。その目が説明を求めるように父さんのほうへ動く。

父さんも意味なく「ははは」と笑った。母さんはひきつった笑顔のまま、お前がやれ、という具合に父さんにシチュー鍋とサーブ用のおたまを押しつけた。

誰も口をきかない気まずい夕食が終わると、珍しく父さんが自分で食器を流しへ運び、母さんから言われる前に食器洗い機をセットする。バスルームから姉ちゃんの叫び声があがった。

「どうしたっ！」

父さんがすっ飛んでいった。断りもなくドアを開けてしまったらしく、姉ちゃんがまたもや絶叫した。

シャワーで追い返された父さんが、濡れた髪をタオルで拭きながら、なんだか卑屈な笑い方をして戻ってきた。

「ひゃあ、冷てぇ。水だよ。シャワーからお湯が出なくなったって。そうだった、ここはプロパンガスだもんな。明日新しいボンベを注文しなくちゃ。いやいや、夏でよかったよ、な」

父さんは「な」を二度くり返したが、晴也も母さんも返事はしなかった。

母さんは姉ちゃんと入れ替わりにお風呂へ水を浴びに行き、ついでに洗濯機を回しはじめた。風呂から出た姉ちゃんはぶつぶつ文句を言いながら、ドライヤーで髪を乾かしている。テレビをつけたけれど、毎週欠かさず見ているドラマが、東京より数が少ないどのチャンネルでもやっていないことに気づいて、またまた眉《まゆ》をつりあげた。晴也はとばっちりを避けるためにCDコンポのスイッチを入れ、ヘッドホンで耳を塞いだ。高原の風があるから冷房なんて必要ないと父さんは言っていたけれど、母さんがすべての窓を閉め切ってしまったから、部屋は蒸し暑い。父さんがエアコンをつけた。しばらく使われていなかったエアコンが騒々しい音と、ほこりっぽい臭《にお》いをまき散らしはじめた。もっと暑くなった。

「あ、いけね、暖房にセットしたままだ」

父さんが呟いた瞬間、家が真っ暗になった。CDの音も食器洗い機の音もドライヤーの音も途絶えた。別荘用の使用容量の少ないブレーカーが落ちてしまったんだ。都会から容量オーバーの電化製品を運びこんだ晴也たちを嘲笑《あざわら》うような深い闇が満ちた。

「ちょっと何よぉ」姉ちゃんが悲鳴をあげた。

「あなたぁ〜」バスルームから母さんの救いを求める声がする。

「あれ、ブレーカー、どこだっけ」どこかで父さんのおろおろ声がした。「お〜い、懐中電灯は？」

「段ボール箱の中よ〜」

「段ボール？　晴也わかるか？」

暗闇を手さぐりしてから、父さんがいると思われる辺りに答えた。「……無理だよ」

まだ開けていない段ボール箱はふた山ある。父さんが山の中の遭難者へ叫ぶように言った。

「お〜い、律子《りつこ》ぉ〜。さっきのロウソクはどうしたぁぁ〜」

「しまっちゃったぁ〜。段ボール箱の中よぉぉ〜」

暗闇の中で姉ちゃんが叫んだ。

「もう、あたし、やだ」

＊

週が明けた月曜日、姉ちゃんは食器洗い機が動いていないことを確かめてからドライヤーを使いはじめた。目玉を上にひんむいた凄い形相で前髪をカールさせる。気合じゅうぶんだ。まだ八月の下旬だけど、この地方の公立高校は今日から授業が始まるのだ。

「姉ちゃん、眉、細すぎ」

「うるさいよ、あんたももう中三なんだから眉ぐらい剃りな」

「さぁ、みんな、はりきっていこうっ」

父さんも気合が入っている。今日から仕事始めなのだ。といっても、もちろんいきなり農業ができるわけがなく、当分の間はこの村の農業研修所へ通って基本技術を学ぶのだ。ジーパンに白いシャツ。会社に通っていた頃のサマースーツの上着。農業研修所というところに、いったいどんな服装で行けばいいのか迷っているみたいだった。

「ええい、ネクタイなんか、いらないぞ」

誰かに投げつけるように、ネクタイを放り捨てる。晴也にはどうでもいいことに思えるのだが、父さんにとっては一大決心らしい。

母さんは殺虫剤を拳銃のように構え、バイオハザードのゲームキャラみたいな足どりでこの三日間閉め切っていた掃き出し窓に近づき、おそるおそる窓を開けた。

「そうそう晴也、お前の編入手続きもとってあるから。中学校はここから近いんだ。歩いていける距離だよ。小さな分校だそうだから、きっとのんびりした所だろうな」

父さんがいま思いついたというふうに言う。でも、せりふを棒読みするような喋《しゃべ》り方だったから、前々から用意していた言葉だっていうことはすぐにわかった。晴也はパジャマ姿であいまいに頷《うなず》いた。

「うん」

晴也が不登校になったのは、十カ月前。中二の二学期からだ。おたふく風邪をひいて十日間学校を休んだ後、そのままずっと休み続けている。イジメに遭っていたわけじゃない。それまでは小学校からほぼ毎年皆勤賞だったし、成績も悪くなかった。なぜ学校へ行くのが嫌になったのか、晴也自身にもよくわからない。寒い冬の朝、起きる時間をとっくに過ぎた目覚まし時計を眺めながら、温かいふとんから抜け出せないでいる。たとえるなら、そんな気分だ。

登校をしなくなってからも晴也の頭の中では、学校へ行っているもう一人の自分がいる。そいつのことを晴也はあんまり好きじゃない。

学校へ行こうとしない晴也を、最初のうち、父さんはひどく怒った。あちこちへ相談に行ったり専門書を読んだりしていた母さんに「無理強いは禁物」と言われたらしく、少し経つと大声で怒鳴ったりはしなくなったけれど、目はいつも晴也を怒っていた。

父さんが怒らなくなったのは、今年の初め、会社をクビになって毎日家にいるようになってからだ。ある平日の午前中、掃除を始めた母さんからリビングを追い出されて、二人でベランダでひなたぼっこをしている時、父さんはぽつりと言った。「お前も大変なんだな」って。

十カ月経ったいまも、時計の針が登校時間に近づくと、心がわさわさする。気をまぎらすために歯を磨きに行こうと思ったのだが、父さんは晴也の言葉にまだ続きがあるはずだ、という顔で見つめ返してきた。しかたなくもうひと言だけ言う。

「考えてみるよ」

「そうか」

冷房が自動スタートしたようなリビングの空気を、母さんののんびりした声が溶かした。

「ねえねえ、みんな、気づいた？」素晴らしい発見をしたという顔で三人を見まわす。「床下で昨日から物音がするのよ。かさかさ、かさかさって」

父さんが時計に目を走らせた。「それで？」

「小さな鳴き声も聞こえたの」

「で？」

「迷い猫じゃないかしら。かわいそうに。飼ってあげてもいい？　ほら、前の家じゃペットなんて考えられなかったでしょ」

「ああいいとも」辛抱強く話を聞いていた父さんが低い声で言った。「それが猫ならな」

「え？」

母さんは意味がわからないという顔をする。東京生まれの母さんは、床下で鳴く動物は猫しかいないと信じこんでいるのだ。

「考えてもみろよ。この辺は野良猫がお気楽に生きていける環境じゃないだろ。床下に何かいるとしたら、それはもっと別の……」

そこまで言って父さんは自分の想像を振り払うように首を振った。埼玉のベッドタウン生まれの父さんも、それが何かまでは想像がつかないのだと思う。墨田区で生まれ育った晴也も、もちろんそれは同じだ。何がいるんだろう。後で床下を覗《のぞ》いてみよう、と晴也は思った。

「いいか、床下は絶対に覗くな。俺が帰ってから、すぐに調べる」

父さんがパニック映画の主人公風のハードな表情で母さんに指をつきつけた。どちらかといえば父さんは、映画の冒頭で真っ先にやられてしまうタイプの人に思えるのだけれど、母さんは父さんを頼もしげに見つめて、こくりと頷いた。なんだかんだ言って、この二人がうまくいっているのは、こういう勘違いがいろいろあるからだと思う。

二人が出かけてしまうと、家の中はとたんに静かになり、この家が案外と広いことに気づかされる。母さんは、この数日間で新しい家をすっかり自分の世界に変えた。窓のカーテンでは四季の花々が咲き乱れ、出窓やサイドボードの上ではエプロンをつけたクマやスカートを穿《は》いたウサギが身を寄せ合っている。十時になると置き時計から小人が飛び出して、すずらんみたいな鐘を鳴らした。

母さんは鼻歌を歌いながら、せっせとフローリングの床を掃除している。水拭きとモップかけが終わり、あとはワックス塗りだけ。そろそろ来るぞ。うずくまった背中から、もうすぐ晴也に声が飛んでくるはずだ。学校へ行かなくても何も学んでいないわけじゃない。せりふまでわかってる。「晴也、少しは手伝いなさい。あなたの手は腕組みをするためについてるわけじゃないでしょ」さぁ、床下を覗きに行こう。

晴也はしのび足で玄関へ向かった。でもそこには先客がいた。

お婆さんが立っていた。母さんの掃除の具合を点検するように玄関を見まわしている。小さなお婆さんだ。小さいうえに腰が曲がっているから、父さんの身長を追い抜くのは時間の問題となった晴也のはるか下に顔があった。

「あの……」

晴也が丸くした目を向けると、お婆さんが錆びた蝶番《ちょうつがい》みたいな声を出した。

「スズガキ」

「……は？」

「隣の鈴垣」

リビングへ戻って、「晴也、手伝いなさい。あなたの手は――」と切り出した母さんの背中に言った。

「お客さん。隣の家の人みたい」

母さんが目を輝かせる。戸棚から可愛らしくラッピングしたパッチワーク小物を取り出した。

「どんな方？」

「お婆さん。かなり年寄り」

「まぁまぁまぁ」

母さんが思い描いているのは、エプロンドレスを着ていて、クッキーを焼くのが得意な、揺り椅子とショールが似合いそうなお婆さんなんだろうけれど、残念ながらスズガキさんは頭にてぬぐいをかぶりモンペを穿いていて、得意そうなのは干し柿づくりで、揺り椅子よりコタツでちゃんちゃんこという感じだった。

母さんが顔を出し、挨拶をするより早く、スズガキのお婆さんがどう見てもクッキーじゃない、新聞紙でくるんだ包みを突き出した。

「これ」

新聞紙の中から変な臭いがした。母さんは爆発物を扱う手つきでそれを受け取って、こんにちは今度越してきた朝岡と申します、と言ったのだが、耳が遠いのか、お婆さんは返事をするかわりに新聞包みをごつごつした指でさした。

「ゆでざざむし」

「あのぉ、これは——」食べる物なのか？　と母さんは聞こうとしたのだと思う。

「それを××して、××すっと、汁が××すっから、×××せばええだに」

たぶん食べ方を説明しているのだと思うが、この土地の方言で、しかも入れ歯の具合が悪いらしく、もごもごとした喋り方だったから、何を言っているのか半分しかわからない。

どれ、ちょっくら。お婆さんは突然、泥だらけの長靴を脱いで勝手に家へ上がってきた。ワックスを塗ったばかりの床に、小さな足あとがてんてんとついていくのを見て、母さんは声にならない悲鳴をあげた。

お婆さんは背中で手を組み、匂いを嗅《か》ぐような顔でリビングを歩き、ダイニングを眺め、キッチンを覗いた。爪に泥がつまった手でレースのカーテンをつまみ、ドライフラワーに触ってぼろぼろと破片をこぼし、電子ジャーの蓋《ふた》を開けて中を見る。そのたびに母さんの唇が悲鳴をあげる時の形になった。しばらく階段を見上げていたが、ゆっくり首を振った。上るのをあきらめたらしい。

それからお婆さんはテラスに座って庭を眺め、母さんが出した紅茶をゆっくりと飲んでから帰っていった。

玄関のドアが閉まったとたん、母さんは這いつくばって、猫みたいに歩幅の小さい足あとを拭きはじめる。その背中から不機嫌オーラが立ちのぼっているのを見て、晴也もそそくさと外へ出た。

家の床下はコンクリートで固められていて、何かが入りこむとしたら、テラスの下しかなさそうだった。でもテラスの下を覗いても、何も見えないし、物音もしなかった。けっこう古い家だし、父さんが「住んでみると値段のわりには安普請《やすぶしん》だな」とぶつぶつ文句を言っていたから、奥に床下へ通じる穴が開いているのかもしれない。

散歩に出かけることにした。東京にいた頃はめったに外へ出なかった。別に引きこもりだったわけではなく、昼間から中学生が街をぶらぶらしていると、大人たちの痛い視線が飛んでくるからだ。時には補導員も飛んでくる。午後は午後で公立中の狭い学区の中を歩けば、必ずといっていいぐらいクラスメイトに出くわして気まずい思いをする。

家を出て、なすやトマトの収穫が終わったばかりの畑の間の道を降りていった。三百メートルほどいくと右手に大きな瓦屋根の家が見えてくる。広い庭にゴザを敷いて豆を干していた。ここがスズガキさんの家のようだ。

スズガキさんの家を過ぎると、道は平坦になり、両側が田んぼになった。稲が緑色の波となって風にうねっている。道の先に始業式帰りらしい学生風の人影を見つけた晴也は脇道へそれた。山に向かう道だ。

頭上を木々に覆われた山道に入ったとたん、辺りは薄暗くなり、空気が冷たくなった。全身に蟬《せみ》の声の集中砲火を浴びた。頭の上から、体の両側から。地面からもわき出ているんじゃないかと思うほどの迫力サラウンドだ。

しばらく歩くと山道は途切れたが、熊笹が繁った斜面に誰かが行き来しているらしい小径《こみち》が続いていた。笹をつかんで急勾配を登る。笹の茎は強い。鉛筆より細いのに晴也が全体重をかけてもびくともしない。

いきなり視界が開けた。頂上まではほど遠いにしても、中腹ぐらいの所らしく、バレーコート片面分ほどの平地になっている。

見晴らし台みたいな場所だった。晴也たちの家も、姉ちゃんが携帯をかける丘もはるか下だ。木々や畑や田んぼ、緑色にもたくさんの種類があることを教えてくれる風景の中に、点々と家の屋根が見える。いままで晴也がマンションの八階の窓から見てきた、屋根の中にぽつぽつと緑のある風景とはまるで逆だ。

笹の上に寝ころんでしばらく空を眺めた。確かに目がしくしくするほど空は青くて、雲は白いけれど、考えてみれば、東京にいた時にはこんなに長い間空を眺めたことなんかなかったから、本当の空と東京の空の違いは、やっぱり晴也にはわからなかった。

家へ戻ると、母さんが庭に出ていた。大きなサンバイザーに長手袋という対UV完全武装で、東京の家から持ってきたハーブのプランターに殺虫剤を撒《ま》いている。

「ねぇ、晴也」

鼻の頭に日焼け防止クリームが白く残った顔を向けてくる。手伝わなかったのを叱られるのかと思ったけれど、そうじゃなかった。

「さっきのお婆さん、また来るかしら」

「たぶんね」

お婆さんとは、山道を降りる途中ですれ違った。しばらくぶらぶら歩いていたら、今度は田んぼの畦道《あぜみち》で出会った。ワープが出来るのかもしれない。案外に足は丈夫そうで、おまけに暇みたいだ。

「さっきのあれ、誰も食べないよね。お父さんは珍しいものってだめだし。あなたやひかるだって――」

「うん」

「だからね、せっかくのご好意で申しわけないって思ったけど、母さん、中を見ないで捨てちゃったの、外のポリバケツに。だってすごい臭いなんですもの。もし今度、あの方がいらして何か聞かれたら適当に話を合わせてね」

重大な犯罪を犯してしまったっていう悲痛な表情だ。お店でおつりを十円多くもらっても返すかどうか迷う人だから、良心のカシャクに胸を痛めているのだろう。心配ないよ、そう言ってあげたいけれど、晴也は首を横に振った。

「まずいと思うよ」

「どうして」

「だって、さっき帰りがけにうちのポリバケツ、蓋を開けて覗いてたもん」

母さんがあわててポリバケツにすっ飛んでいった。

＊

「ああ、疲れた。あああ、疲れた」

父さんが何べんも同じ言葉を繰り返し、顔をしかめて腰をさする。夕方、帰ってくるなり、ソファにうつ伏せで寝ころんだままだ。

「晴也、悪い。腰にサロンパス貼ってくんない。肩にも。ああ、まったくたまらんよ。一日中、鶏小屋の掃除。鶏の糞をシャベルで掘って運んで、掘って運んで。藁と混ぜて堆肥をつくるんだと。有機農法ってのも大変だわ。がんがん化学肥料を撒きたくなる気持ちもわかるな」

村の農業研修所には専用農園がなく、父さんはいきなり農家へ実習に行かされたのだそうだ。

「それがさぁ、教官てのが、晴也に毛の生えたようなガキでさ。若いのにいまどき農業やろうってヤツだから、もう熱い熱い。語る語る。オジサン、ついていけんよ」

うつ伏せのまま缶ビールをすすって、ため息みたいなゲップを吐いた。手作りのブルーベリーとカマンベールチーズは、どこへ行ってしまったんだろう。過疎に悩むこの村の新規就農者支援システムに応募すれば、休耕地をただ同然で貸してくれて、奨励金まで出て、税金も安くなる。しかも山羊二頭がもらえる特典つき。こんな就職条件、ハローワークに百年通ったって見つからない——父さんはそう言って自分の選択を自画自賛していたのに、早くも後悔しはじめているみたいだ。すべての物事はコインと一緒で表と裏がある。悪い時があるからいい時もあるんだぞ、って不登校になったばかりの頃の晴也に、大真面目な顔で説教していたくせに。

携行用の蚊とり線香を腰に吊るした姉ちゃんが戻ってきた。携帯をかけに丘の上へ行っていたんだ。

「おい、ひかる、うちにも電話があるだろ」

姉ちゃんは電話機へ博物館の土器を見る目を走らせる。

「そんなの使いたくないよ。誰かさんが盗み聞きするからね」

「俺は心配して言ってるんだぞ。夜、一人で山へ行くのは危ないから」

父さんがローライズのショートパンツからはみ出た太ももに目を走らせると、姉ちゃんは身をよじって視線を避けた。

「誰もいるわけないじゃん。学校の前にだってだぁーれも歩いてないんだから」

「いや、危ないのは人間じゃない……」父さんは姉ちゃんの足をモモ肉を眺める目で見た。

「熊だ。熊は夜行性らしいんだ」

口を丸く開いたまま言葉をなくしてしまった姉ちゃんのかわりに声をあげたのは母さんだ。

「熊！」くまのプーさんのイラストが入ったエプロンのすそを握りしめた。「いやだ、怖い」

「俺も知らなかったんだよ。以前はこの辺りまでは出てこなかったらしい。隣村でダム建設を始めてからだそうだ。土建的地方行政の歪《ひず》みだな。困ったもんだ」

言い訳がましい口調で、姉ちゃんが携帯をかけられないことをダム建設のせいにする。

「ま、熊といってもツキノワだし。空き缶を鳴らして歩けば安全らしい。とはいえ用心するに越したことはない。ここはもう東京じゃないってことを自覚しなくちゃな。夜は外出禁止だ」

ビールのつまみのサキイカを指示棒がわりに振って父さんが重々しく命令した。

夕食はカツだった。母さんは疲れているようだ。つけ合わせはキャベツの千切りではなくレタス。デザートのリンゴにはウサギの耳がなかった。

「おいおい、ソースがないぞ」

「あら、いけない。買い忘れちゃった。ごめんなさい」

「晴也、悪いけど下まで――」

父さんは途中で口をつぐんだが、誰もが言葉の続きを知っていた。ここはもう東京じゃないってことを父さんも自覚しなくては。墨田区のマンションは一階がコンビニだったのだ。

「あ〜あ、疲れて帰ってきて、ソースなしカツかぁ」

「ケチャップでもおいしいよ」

晴也がなぐさめたが、調味料に関して何かと小うるさいルールを持っている父さんは、すっかりふてくされてしまった。

「あ、そ、ケチャップで。そーすか」

皮肉たっぷりのおやじギャグに、珍しく母さんが眉をつりあげる。

「ソースがなくたって、死にはしないわよ」

いつもと違うメルヘンのかけらもない母さんの声に、父さんはびくりと首を縮めた。

「どうしてもソースで食べたいなら、あなたが買いに行って。街道沿いの雑貨屋さんがまだ開いていればだけど。あそこまで自転車で何分かかると思う？　しかも帰りはずっと登り坂。私、今年の冬までにはスケート選手並みの太ももになると思うわ」

そう言って、どちらにしても、さほど細くない足を眺めてため息をついた。一台しかないクルマは父さんが使っているし、そもそも母さんはクルマの運転ができない。父さんがいくら免許を取るように勧めてもだめなのだ。「私、向いてないと思うの。お箸《はし》持つほうって言われないと、どっちが右だかわかんないんだもの」そう言って。

父さんはやけくそ気味で醤油《しょうゆ》をかけたカツにかじりつく。そして、また口をとがらせた。

「なにこれ、トリ？」

「そうよ、チキンカツ」

「トリかよぉ。一日中、鶏の糞の始末してきて、トリ肉？　なんだかなぁ」

父さんは機嫌が悪いようだ。昼間、鶏の糞のほかにも嫌なことがあったのかもしれない。

「トリ、トリって、このお肉の値段がいくらだと思ってるの？　百グラム百十五円よ」

母さんも機嫌が悪い。スーパーの買い出しにつきあわされた晴也には、その理由がわかっている。母さんが父さんに箸を突きつけた。

「東京に比べたら食べ物の値段はタダみたいなもんだって、あなた言ったわよね。と〜んでもない。野菜の値段は同じよ。お肉やお魚はかえって高い。加工品とか日用雑貨なんかも。そう、ソースもね」

「そうか、流通の東京一極集中の歪みだな」

父さんはまたまたヒズミのせいにしようとしたけれど、母さんには通用しなかった。

「トイレットペーパーなんか十二ロール入りで四百九十円。倍よ、倍」

それがとんでもない犯罪だって口調で言う。トイレという言葉を聞いたとたん、姉ちゃんが敏感に反応した。

「ねぇ、なんとかしてよ、ここのトイレ。学校のだって水洗だったよ」

「簡易水洗だろ。ここらへん、下水ないもん」

「なんでもいいから水洗にしてよ。してくんないなら、あたし、学校行かない」

大変だ。登校拒否児が二人になっちまう。そうなったら晴也は本気で学校へ行くことを考えるかもしれない。姉ちゃんと一日中家の中で顔をつきあわせるなんて、考えただけで恐ろしい。

「なんでそうなる？　論理が飛躍してないか」

「だってさぁ、ここの学校の連中は、みんなズラとかダラとか、わけわかんない喋り方するしさぁ――」

「いけないぞ、そういう差別的発言は」

「差別されてるのはこっちだよ。言葉がわかりづらくて聞き返すと、お前は馬鹿かって顔するし、あたしが東京の言葉で喋ると、みんな陰でくすくす笑うんだよ」

「なるほど、そういうのって数の論理だからな、父さんも会社にいる時にな――」

「だから水洗にしないと学校行かない」

「なんでそうなる」

母さんが姉ちゃんに加勢した。

「そうよ、水洗にしましょう。洋式の」

「ウォシュレットもつけてよね」

「いいじゃないか、便所なんて何だって。どうせしゃがむのは、一日のうちのたった一回か二回だろが」

「女は一回じゃないの！」

母さんと姉ちゃんがハモった。この問題に関してはどうしても譲れない――二人の表情にはそんなただならない決意が感じられた。

母さんは昨日もトイレで絶叫していた。何かがお尻を撫でていったのだと言う。母さんが卒倒しないように黙っていたのだが、きっとそれは晴也が二日前にトイレの天井で見たムカデだろう。晴也は虫が苦手ではないけれど、姉ちゃんがつける腰チェーンぐらいの太さのそれを見た時には、さすがに出かけた大便が止まってしまった。

「こっちは一日、鶏の糞まみれで働いてきたっていうのに、なんだ便所ぐらいで。ぼっとん便所だって死にゃぁしないだろ」

「死ぬわよ」

「いいや、死なない」

「乙女の魂が死ぬのよ！」

母さんがついにキレた。何年ぶりだろう。しょっちゅうキレている姉ちゃんの怒りは、ナイター中継と同じく毎日の食卓の風景だが、四年に一回ぐらいしか噴火しない母さんの怒りはワールドカップ並みの迫力だ。

「ウンコに乙女もババアもあるかっ！」

父さんもキレた。こっちは年平均五、六回だから、大相撲本場所程度。

「なんでもかんでも汚いものにフタをして、流しちまって、きれい事ですませて、それでいいのか。そういう生活が正しいのか。自分の垂れ流したものと、きちんと対峙《たいじ》しろ。責任を持て。考えてもみろ、お前の大好きな『大草原の小さな家』のキャロラインだって、ぼっとん便所でウンコしてたんだぞ」

「嘘よ」

嘘じゃないと思う。この場合は父さんが正しい。母さんがテラスに落ちた蛾の死骸《しがい》を見る目で睨《にら》みつけると、父さんはさらにまくし立てた。きっとソースの恨み晴らしだ。

「キャロラインだけじゃないぞ。赤毛のアンだって若草物語のなんたら姉妹だって、ぼっとん、ぼっとんだ。そう、アルプスのハイジもな」

「ひどい」母さんが耳を塞ぐ。

「要は慣れだよ。人類はそうやって生きてきたんだ。昔からぼっとんだったんだ。パリの宮廷でもな――」

勝ち誇った父さんがぼっとん便所について演説を始めた時だ。

カリカリカリカリ。

床下で小さな物音がした。足音にも聞こえるし、木をかじる音にも聞こえる。父さんが口をつぐんだ。みんなの顔が鉄仮面になっている。たぶん晴也も同じ表情をしているだろう。かすかな息づかいも聞こえはじめた。何かが床下にいる。それが何かはわからないが、少なくとも子猫じゃない。猫はふんふん鼻を鳴らしたりはしないから。

「きぃーっ」

晴也の隣で呼び笛つきやかんみたいな声があがった。ついに姉ちゃんが沸騰してしまった。

「もう、やだ。あたし、帰る。一人で東京に帰る」

姉ちゃんがいきなり玄関へ走り出す。父さんがあわてて後を追いかけた。

「やめろ、ひかる、熊だ、熊が出るぞ！」

母さんも殺虫剤を持つのを忘れて二人の後を追いかけた。一人取り残された晴也は、ぼんやり家族が消えたテーブルを見つめた。床下の音はいつの間にか止《や》んでいて、家は静まり返っていた。耳が痛いほどの沈黙。突然、誰もいない世界にひとりぼっちで取り残された気がしてきて、晴也もあわてて外へ飛び出した。

姉ちゃんは門のところで立ち止まっていた。その先の暗闇に怖じ気《おけ》づいたんだ。なにしろ一晩中豆ランプをつけっぱなしにしている感じの東京の夜と違って、ここの夜は真っ黒な壁が立ちはだかるような暗さだ。父さんが泣きわめく姉ちゃんの腕をつかんだ。

姉ちゃんが泣くのは珍しくないけれど、こんな泣き声を聞くのは初めてだ。マンションに住んでいた頃は、人に聞かれてもいいような泣き声しか出さなかったのに、小さな子供みたいに泣いている。泣き声の合間に父さんの言葉が聞こえた。

「ひかる、悪いと思ってる。父さんのわがままで、甲斐性がなくて、いろいろ迷惑かけて。な、あと二年、高校を卒業するまで我慢してくれ、な、な。父さんがんばるから。二年間で仕事成功させて、東京でもどこでもお前が行きたいところへ行けるようにするから。イルカの調教師になりたいんだろ。協力する。どうすればいい。水産学部へ行くのか？　イルカの専門学校があるのか？」

声をひそめているつもりらしいけれど、ほかに聞こえる音といえば、風が鳴らす木々のざわめきだけだから、離れた場所にいる晴也にも筒抜けだった。姉ちゃんも何か言ったが、これは涙声だったから、よく聞きとれなかった。

「前から農業をやろうって考えてたのは、本当なんだ。ほら、お前が四歳の頃、小児ぜんそくだって言われた時、真剣に考えはじめたんだ。田舎に引っ越ししようって」

晴也には父さんの言葉が、すべて自分に向けられたもののように聞こえた。

晴也にはわかっていた。今回の引っ越しの理由のひとつが――それも大きな理由が――自分の不登校にあるってことが。前の学校へは戻らなくても、違う場所の新しい学校ならまた通いはじめるかもしれない。父さんと母さんがそう考えていることを。だけど、言い訳の魔術師と母さんから呼ばれているのに、父さんはそのことはけっして口にしないし、文句の女王と父さんに名づけられている姉ちゃんが、文句の中に晴也の名前を出したことは一度もない。誰に怒ったらいいのかわからなくなった姉ちゃんが髪をかきむしっているのを見ていると、晴也も頭をかきむしりたい気分になる。

「俺、がんばっちゃうから。お前、卵好きだろ。父さんの育てた有精卵食わしてやるから、な、な」

「いいよ、タマゴなんか何だって」

姉ちゃんが叫び返したが、声はだいぶ小さくなっていた。

母さんが突然、声をあげた。

「わぁ、見て」

祈るように両手を組んで空を見上げている。

「すごくきれい」

星のことだった。

それは本当にきれいな星空だった。星の重さに耐えられなくなって、いまにもばりばりと音を立てて落ちてくるんじゃないかと怖くなるほどの夜空だった。父さんが見上げると、姉ちゃんも見上げた。もしここが東京だったら、姉ちゃんはきっと「だから、なんなのよ」って母さんの少女趣味を鼻で笑っただろうけれど、何も言わずに見続けていた。言葉を空がのみこんでしまったんだ。

「ほら、あれが双子座よ」

母さんが空に指を突き出した。父さんが小さく咳払いしたから、たぶん違うのだろう。でも双子座だろうとへびつかい座だろうと、人間が地上でつけた名前なんて何の意味もないんだって、その星空は言っていた。

確かにすべての物事はコインの裏と表だ。ぼっとん便所とソースのないカツのかわりに、ここにはこの空がある。

父さんがくしゃみをすると、つられたように姉ちゃんもくしゃみをした。母さんが襟もとをかきあわせ、晴也は二の腕の鳥肌をさすった。でも、いつまでも、誰も中に入ろうとは言わなかった。

＊

晴也は山の中腹の見晴らし台にいた。ここには毎日通っている。熊笹はまだ青々としているけれど、もう蝉は鳴いていない。いつのまにかカレンダーは九月になった。

姉ちゃんはちゃんと高校へ通っている。父さんはバキュームカーはいつ来るのか村の人に尋ねて笑われ、有機農法をめざすならウンコを無駄にするなと言われたそうで、水洗トイレにはどうしても首を縦に振らなかったけれど、新機種の携帯電話を新しい交換条件に出されると、あっさりオーケーした。もちろん最新機能満載だからといって電波が届くわけじゃない。姉ちゃんは最新機種を手に、空き缶を鳴らしながら丘へ登っている。

母さんは教習所へ通いはじめた。父さんは仮免までに百時間はかかるだろうと予言をしたけれど、いまのところ当たってない。母さんは毎回ハンコをもらって帰ってくる。なにしろ必死だ。近所の（といっても五百メートル先の家の）奥さんから、クルマで二十分の隣町のスーパーなら、トイレットペーパー十二ロール入りが二百八十円だっていう話を聞きつけたのだ。

父さんはあい変わらずサロンパスを全身に貼って農業実習に通っている。変わったことといえばサロンパスを無臭タイプに替えたこと。膏薬の匂いをさせていると、ずっと年下のセンセイになめられるのだそうだ。

床下にはいまでも何かいる。鳴き声と足音からすると、危険な生き物ではないようだ。姿を見てもいないのに、母さんが名前をつけた。「ラスカル」。

母さんは毎朝ラスカルのためにテラスの下へ果物を置くのだが、ラスカルが取りに来たことはない。

晴也だけが変わらない。変わろうと思ってはいるのだけれど、生ぬるいふとんからまだ抜け出せない。あと少し、なんて思っているうちに時計の針だけがどんどん進んでいる。

手にしたリンゴをかじった。来る途中、鈴垣さんの家の前でお婆さんに手招きされてもらったのだ。鈴垣さんちのお婆さんとはよく立ち話をする。言葉がうまく通じないから、半分はボディ・ランゲージ。

「おめ、なんで、がっこいかね？」

そう言われた時には首をかしげて「わからない」のポーズをする。お婆さんも年を聞くとわからないふりをする。本当に忘れてしまっているのかもしれない。

出荷前のリンゴはまだ少し酸っぱいけれど、森の木々と同じ匂いがする。晴也はリンゴをほおばりながら空を見上げた。

姉ちゃんの話では「本当の空」というのは『智恵子抄』という詩集に出てくる言葉で、しかも父さんは本来の意味を間違えているらしいが、晴也は智恵子さんより父さんを信じる。口ばっかりで、ソースひとつで大騒ぎする人だけど、とりあえず父親だから。

目が痛くなるほど青い空を我慢して見つめていると、急に空いっぱいに顔が現れた。

「何してる。ここは私の場所だに」

ショートカットの女の子だ。空と同じ色の制服を着ていた。あわてて晴也は半身を起こした。

「あんた、誰?」

それはこっちのせりふだ、そう言いたかったけれど、言葉がうまく出なかった。女の子の切れ長の目が、家の裏手の川に映る太陽みたいにきらきらしていたからだ。

「ひょっとして、山の麓の東京もん?」

晴也が頷くと、少女の発音がこの土地のものから標準語に変わった。使いわけができるらしい。

「何年生?」

年下の子供に尋ねるような口調だったが、晴也には自分の方が年上に見えた。立ち上がって少女を見下ろしてやった。向こうは自分よりずっと高い晴也の身長に驚いていた。晴也も自分のへその上あたりに突き出ている少女の胸が、思っていたよりずっと大きいことに気づいて、どぎまぎした。

「……中三」

ようやく出た声は、喉《のど》につまってしまった。

「なんだ、同じ年だ。名前は?」

「朝岡……朝岡晴也」

何がおかしいのか少女はくすりと笑う。

「東京もんらしい名前だね。芸名みたい」

「君は？」

「鈴垣ちか」

晴也も笑ってやった。今度は向こうが、何がおかしいんだって顔をする。

「うちの学校に転校したんだろ？　なぜ学校に来ない？」

わからないのポーズをしようかどうしようか迷っていると、少女が腕組みをして顔をしかめた。

「早く来なよ。三年生は私しかいないんだ。同級生がいなくて困ってた。体育の時、組体操もできない」

「……ああ、行く」

「いつから？」

そのうち、と言おうと思ったのに、水面の太陽みたいな目で見つめられたら、違う言葉が口からこぼれた。

「明日から」

少女が笑うと、その顔の先にある空もいちだんと青く輝いて見えた。真上から降りそそぐ光が、ショートカットの髪に金色の輪をつくっている。父さんの言うとおりだ。頭の上には本当の空がある。何かが始まる予感に、晴也の胸はときめいた。

スーパーマンの憂鬱

「ちょっとぉ、勝手にチャンネル、かえないでよ」

美里《みさと》が声をあげたが、孝司《たかし》はテレビのリモコンを離さなかった。

「すまん。だけど、パパがいつもこれを見てるの、知ってるだろ」

日曜の夜。頬《ほお》をふくらませた美里がフグみたいな顔を向けてくるが、これだけは譲れない。

もう番組は始まっていた。司会者がお約束どおりゲストのお笑い芸人の肥満ぶりを茶化し終えると、おもむろにカメラ目線になる。

――というわけで、今日のテーマは『サラサラ血ダイエット』です。

健康に関する情報バラエティ番組だ。孝司はテーブルの上に身を乗りだす。電話台から持ってきたメモ帳とボールペンを手にして身がまえた。

最初のコーナーは『あなたのドロドロ血度チェック』。画面いっぱいに血流の実験映像が映し出されたのち、白衣姿のなにがし研究所だかの所長が解説を加える。

――ドロドロ血には、ストレス、運動不足などさまざまな原因がありますが、最も注意すべきなのは偏《かたよ》った食生活でしょう。つまり、肉類、カフェイン、チョコレート、トロ、ウニといった食品の摂《と》りすぎ……

手もとのメモに、カフェイン、チョコレート、と書く。

「つまんな〜い」

美里がカーペットの上で手足をぱたぱたさせている。松田《まつだ》家にはテレビが一台しかない。おとといのボーナスで無理をして液晶薄型を購入してしまったから、去年壊れてしまった二台目をずっと買い控えているのだ。

孝司はネクタイをむしり取る。この番組を見るために職場から帰ってきたばかりだった。休日出勤というわけではない。今日にかぎらず、土日はいつも仕事だ。

——サラサラ血って大切なのねぇ。なるほどぉ、瘦《や》せる体質になるんだ。

レギュラー陣の一人が大きく頷《うなず》いている。「サラサラ血」という言葉は最近の流行《はや》りで、この番組でもすでに取り上げられている。新鮮味に欠けるから、今日はダイエットとセットにしたらしい。

画面から目を離さずにキッチンへ歩き、冷蔵庫を手さぐりした。手にしたものが缶ビールであることに気づいて、あわてて中へ戻す。缶ビールを飲むのは休日の前夜だけと決めているのだ。発泡酒を手にテーブルへ戻る。

「♪つまんない、つまんない」

美里が直接的な抗議行動を開始した。テレビの前に立ち、こちらに向けたお尻を振って踊り出す。小学五年生。お尻がずいぶん大きくなった。そろそろ反抗期だろうか。

「つまんない、つまんない」

「おい、頼むよ。見たいのがあるなら、ビデオに録《と》ればいいじゃないか」

「やだ。このあいだのもちゃんと録れてなかったもん。パパのほうこそ録画してよ」

やだ。録画に失敗したら大変だ。このところ具合の悪いビデオデッキもそろそろ買い換え時だった。

カレーライスの皿を運んできた亮子《りようこ》が、美里のお尻に声をかけた。

「みさと、我慢しなさい。パパはお仕事で見てるんだから」

そうなのだ。好きで見ているわけじゃない。これも仕事のうちなのだ。

この時間帯に恋愛ドラマが放送されていた時には、美里と一緒にフグになっていた亮子が孝司の肩を持ってくれるのは、今日のテーマがダイエットだからだろう。主婦にターゲットを絞ったこの番組には、三回に一回の割合でダイエットがらみの話題が登場する。

画面では、実験モニターの主婦たちが、酔拳みたいな体操をしている。ハードな運動や食事制限をしなくても痩せられる裏ワザだそうだ。本気で痩せたいと思うなら、ハードな運動と食事制限をするのがいちばんじゃないか、孝司はいつもそう思うのだが、そんな番組を放送したら、すぐにチャンネルを替えられてしまうのだろう。

司会者の隣の女性アナウンサーが思わせぶりな笑顔になった。

――さて、そこで番組では、ドロドロ血が劇的に改善される、ある食べ物を発見しました。来たぞ来たぞ。これを待っていたのだ。

――その食材とは……

画面が食品のアップになった。しかし肝心な部分にモザイクがかかっている。

――意外な正体は、お知らせの後。

テレビ画面がいきなり洋画劇場のアニメーションに変わる。

「おいおい」

「いいじゃん、コマーシャルなんだから」

「だめだめ」

その言葉にだまされて、先週も五分ほど見損なってしまった。孝司は美里の手からリモコンを奪い返した。

CMが終わったが、画面ではCMの前に流していた映像が繰り返される。早くしてくれ。

――その食材とは……

「つまんない、つまんない～」

「みさとぉ」

ようやく美里のお尻が消えたテレビ画面に映っていたのは、意外でもなんでもない。サトイモだった。豊富な食物繊維と独特のヌメリが血液をサラサラにするそうだ。青果係長の田《た》辺《な》《べ》もこれを見ているはずだから、明日は青果売場の平台にサトイモが並ぶだろう。

松田孝司の勤務先はスーパーマーケットだ。食品課・非生鮮《グロサリー》係長。加工食品や菓子などの売場の責任者だ。

主婦をターゲットにした高視聴率の情報番組で紹介される商品は、翌日の売り上げに確実に跳ね返ってくる。自分の血がドロドロだろうがサラサラだろうがいっこうに構わないのに、メモまで取りながらテレビを見ているのはそのためだった。

――サトイモかぁ。

――そうです。でも、これだけではありません。サラサラ・スリムをめざす女性に、さらに強力な味方があるんですね。もうひとつのとっておき食材は、これ。

「つまんない、つまんない」

美里のつまんない音頭がまた始まった。

「頼むよ、みさと」

「もう、やだ。もう、やだ。やだやだやだやだ」

尻文字で「やだ」「やだ」と書いている。サトイモの皮むきが苦手な亮子は興味を失ったようで、もう援護してくれない。孝司は発泡酒を片手にテレビの前へ行き、美里の尻の下から画面を覗《のぞ》きこむ。

映っていた食材を見た瞬間、ハリウッド俳優のように〝イエス〟と小さく叫んでしまった。

——そう、ひきわり納豆です。納豆にはポリフェノールがたっぷり含まれていますし、ナットウキナーゼという独自の成分が豊富ですから、血流の改善効果は抜群。しかも女性には嬉しい低カロリー。普通の納豆だと食べ方が限られてしまいますが、ひきわりなら、いろんなメニューにアレンジができます。例えば——

やっぱりチェックしておいてよかった。メモ帳に大きく「ひきわり納豆」と書いて、二重丸で囲んだ。

納豆かぁ。新聞の天気予報欄を眺める。毎日の天気のチェックもかかせない。晴か雨かで客足と購買傾向が変わるためでもあるが、もっと重要なのは気温だ。食品の売れ行きは気温によって変わる。ビールなら二十二度以上、水ようかんなら二十五度以上、笹かまぼこなら二十度以上という具合に。もちろんその逆もある。長ネギやおでんダネ、チョコレート系の菓子などは気温が低いほうが買上率が高くなる。

明日の最高気温は十四度。納豆の売れ始め温度は十八度だから、少し早いのだが、週間予報ではあさってから気温がぐんと上昇する。よし、今週の目玉商品は納豆、特にひきわり。孝司はひきわり納豆の在庫と、今日の発注数量を思い出そうとした。

スーパーマーケット〝リゾンストア〟下浦店の一階、バックヤードの奥に、食品課事務所がある。売場に比べると、部屋は暗く埃《ほこり》っぽくて、狭い。孝司は開店前の商品チェックを終えて、発注表に仕入れ数量を書きこんでいるところだった。

豆腐。下浦店は絹、木綿ともに四種類ずつの商品を揃えているから、それぞれの発注数量を書く。

油揚げ。これは二種のみ。もう少しアイテム数を増やしたいところだが、そうするとコスト・パフォーマンスが悪くなる。

納豆。

ひきわり納豆は、すでに視認率の高い通路の端《エンド》に置き、パソコンでつくったPOPも飾った。

『いま話題！　サラサラ血ダイエットに　ひきわり納豆』

ほとんど昨日の番組のパクリだ。

青果、鮮魚、精肉、惣菜、LDS（酒類・飲料・調味）などの他の係に比べると、非生鮮部門は扱う商品がやたらと多いのだが、リゾンストア下浦店はそう大きな店ではないから、孝司が一人でしきっている。当然、売場スペースも限られていて、責任者である孝司の判断が、他の係長以上に問われてしまう。

納豆は五アイテムを一定量仕入れているが、ひきわりはそのうちの一アイテムのみで、数も抑えている。在庫はすべて店頭に出した。どうしよう。乾物と違って納豆は売れ残ると廃棄ロスになるのだ。ここは手堅くいくか、それとも勝負をかけるか。

朝の天気予報でも、今週は四月中旬並みの気温が続くと言っていた。よし、勝負だ。六ケースのつもりだったひきわり納豆の仕入れ量を倍の十二ケースにする。他の納豆四アイテムもそれぞれ量を増やした。

チョコレートのところで手が止まった。

もう在庫は少ないが、先月、バレンタイン・デーが終わったばかりで、客はチョコレートに食傷ぎみだ。上昇する気温も購買意欲を減退させる。しかも——孝司は昨日の番組の研究所長のせりふを思い出した。

ドロドロ血の原因は、肉類、カフェイン、チョコレート。

毎日の売り上げ数値を見ているとよくわかる。番組で喧伝《けんでん》されたマイナス情報は、売れ行きに微妙な影を落としてしまうのだ。チョコレートは全アイテムを「0」にした。

すべてを記入し終えて、発注表をファックスで流す。リゾングループの場合、本社の仕入れ部への伝達は、すべて手書き・ファックス。非効率的だが事故が少ない。食品課では毎朝、開店三十分前までに翌日の仕入れをすますことになっている。各店が送った発注リストをもとに、仕入れ部が明日の納品をそれぞれの店舗に割り振りするのだ。

発注表がファックスに飲みこまれていくのを眺めながら、缶コーヒーをすする。事務所の隅に置かれたテレビの前には、発注を終えた青果、鮮魚、精肉、惣菜、ＬＤＳの係長たちが陣取っていた。モーニングショーの生活情報コーナーをチェックするためだ。

この番組のこのコーナーも見逃せない。家族を送り出したあとの専業主婦のご用達。取り上げられた商品は、午後になって確実に売り上げが伸びる。孝司も輪に加わった。

――今日は、いま注目のダイエット法を紹介します。

男女二人の司会者に向けて、コーナーを担当するレポーターが微笑《ほほえ》んだ。

――意外ですよねぇ。僕は考えもしなかった。

男の司会者がそつなく言葉を受け、大きな目玉を剝くと、女の司会者も丸い顎をこくりと頷かせた。

――でしょう。今日のトクトク情報は、奥さま必見です。

レポーターがフリップを立てる。こう書かれていた。

『チョコレート・ダイエット』

他の係長たちはたちまち興味を失ってテレビの前から散り、売場や調理場へ戻っていった。惣菜係長の五十嵐《いがらし》が、孝司の肩をぽんと叩いていく。一人取り残された孝司は、画面に釘付けの両目をふくらませた。

へ？

――太ってしまいそうって、心配になりがちなんですが、じつはチョコレートの苦み成分テオブロミンには、交感神経を刺激して、新陳代謝を高める効果があるんです。カカオ成分が多く含まれているものが効果的で……

画面では、このダイエット法を試した主婦の実験結果が発表されている。

——なんと二週間で二・五キロ！

まずい。孝司は電話を取った。相手はもちろん本社の仕入れ部だ。

「もしもし、下浦店の松田ですけど、さっきの発注、変更させてください」

尖《とが》った声が返ってきた。

——かんべんしてよ。非生鮮でしょ。品目多いんだもん。もう集計に回ってるよ。

けんもほろろ。

「そこをなんとか。一品目だけの記入ミスなんで」

スーパーマーケット食品課の花形はあくまでも生鮮部門。しかも下浦店の年間売り上げはリゾングループ全八店舗中、下から数えて二番目だ。こういう時には押しがきかない。

——だめだめ。明日まで待ちなさいよ。いいじゃない。一品目なら。

けんもほろろろ。孝司は力なくため息をついて電話を切った。よくはない。

誰もいなくなった事務所に足音が近づいてきた。健康サンダルの湿っぽい音。振り返らなくても、誰だかわかった。

「ま、つ、だ、ちゃん」

人けの消えた部屋に、カラオケのおハコが「昴《すばる》」のよく通る声が響く。食品課長の安田《やすだ》だ。

「今日のはいけるよねぇ。意外性あるもの。チョコでダイエットと来たかぁ。いやいやいや、お客さん、飛びつくよ、こりゃあ」

二階の総合事務所で番組を見ていたのだろう。振り向いて会釈するより先に、安田が孝司の肩をぐいぐい揉《も》みはじめた。短軀《たんく》だが昔、柔道をやっていたそうで、むやみに力が強い。孝司の首はがくがくと揺れた。

「頼むよぉ、非生鮮《グロサリー》、最近元気ないから。久しぶりのノルマ超えかなぁ。チョコ、ばぁ〜んといこう」

明日のチョコレートの仕入れが「0」だと知ったら、背後から送り襟絞《えりじ》めを食らうかもしれない。力なく首を揺らしながら、孝司は遠い目をした。

来月で三十八歳。もう同期の中には課長になった人間もいる。この春は無理だとしても、来年あたりには昇進したい。異動するなら、ナンバーワン店舗の栄町店。入社以来ずっと担当している食品課には、もう飽き飽きしているから、衣料品課長がいい。そんな夢想をしていたのだが――

また遠のいた。心の中でそう呟《つぶや》いて、孝司はテレビに恨みがましい横目を走らせた。

午前中は商品が動かないのが常だが、予想どおり、ひきわり納豆だけは好調だった。主婦向けの情報番組の侮《あなど》れないところは、見ていない人間のあいだにも、たちどころにニュース

が広まる点だ。携帯電話やメールを駆使する近頃の主婦たちの口コミ伝播力《でんぱ》は、弾よりも速
く、機関車よりも強い。高いビルもひとつ飛び。

とはいえ黙っていてもある程度売れる納豆のことは、もうどうでもよかった。心配なのはチョコレートだ。

売場へ出た孝司は、レジ前に並ぶ客のカゴにチョコレートが入っているのを見るたびに暗澹《あんたん》たる気分になった。課長の手前、陳列面積《フェイス》を増やし、POPを立てているが、もう在庫はない。夕方のピーク時には欠品になるだろう。しかも明日の仕入れは「0」。商品を並べ直すふりをして、POPは倒しておいた。

よそで買って並べようか、半ば本気でそう考えた。二階の従業員休憩室で早めの昼飯をとっているあいだも、頭の中はチョコレートでいっぱいだった。箸が進まないのは、惣菜係長の五十嵐に無理やり試食させられている中華風から揚げ弁当の脂っこさのせいだけじゃない。

休憩所の一角にはテレビが置かれている。テレビに近い特等席には、早番昼休みのパートタイマーのおばちゃんたちが弁当を広げて集まっている。お目当ては正午から始まるお昼のワイドショー。彼女たちのような中・高年女性から圧倒的な支持を得ている番組だ。学生アルバイトたちは『笑っていいとも』を見たいのだろうが、もちろん勝手にチャンネルを替えたりしたら、おばちゃん軍団に梱包《こんぽう》ひもでぐるぐる巻きにされて、冷ケースの荒巻鮭の隣に放りこまれるだろう。

テーマソングが流れはじめた。番組を待っているのは、おばちゃんたちだけじゃなかった。住居用品課長や家庭雑貨係長の顔もある。食品課事務所でも何人かが固唾《かたず》を飲んでいるはずだ。

この番組も毎回のテーマは健康。しかも財力がある高年齢層の主婦がターゲットだから、影響力は他の番組の比ではない。

中年司会者がオヤジギャグでスタジオ見学の年配の主婦たちを笑わせてから、本題に入る。

――今日のテーマは、これ。

『春先が怖い動脈硬化、脳梗塞体質の改善法』

孝司も近い席へ移動して、おばちゃんたちの肩ごしに覗きこんだ。司会者は香具師《やし》じみた手さばきで次々とフリップを取りだす。たいていはシールが貼ってあり、肝心な部分が読めないようになっている。

――動脈硬化、脳梗塞、認知症の原因となる活性酸素を抑えるのは、なんだと思います？

おばちゃんたちが一斉に、テレビに話しかけはじめた。

「甜茶《てんちゃ》？」「とうがらし」「それは先週やったわよ。カプサイシンでしょ」「茶カテキン」「黒酢じゃないの」「オクラ」「コエンザイム？」「そうそうコエンなんとかよ」

みんな中途半端に詳しい。スタジオと視聴者をさんざんじらしてから、司会者がフリップに貼られたシールを剝がす。

——正解は、これ。ポリフェノール。

おばちゃんたちが声を揃える。「ほらほら」「ああ、やっぱり」「ね、言ったでしょ」

血がサラサラかドロドロかは、いまや健康志向の一大ムーブメント。言葉は違っていても、基本的には昨日の番組と同じ。どうすれば血液がサラサラになるかが語られているようだ。

スタジオにワゴンが運ばれてきた。いくつもの食材が並べられている。

——さて、ここで問題。ポリフェノールが豊富な食べ物と言えば？　さぁ、この中のどれ？

ゲストがそれぞれに予想を口にする。テレビの前のおばちゃん軍団もだ。

孝司はひそかにほくそえんだ。食材の中に納豆が入っていることに気づいたからだ。箸を持ったままガッツポーズをしたから、中華風から揚げがテーブルに落ちてしまった。

よし、自分にはまだ運があるぞ。納豆の在庫はたっぷりある。仕入れもばっちり。これでチョコレートの失態を取り戻せるだろう。なにしろ昨夜の番組によれば、納豆は「ポリフェノールの王様」なのだ。

あんのじょうゲストの一人が、これしかないという口調で答えた。

——納豆だな。

「そうよ、納豆よねぇ」「バナナ」「オクラ」「あんた、オクラなんて出てないわよ」

司会者がゲストに微笑みかけ、長すぎると思えるほどの間《ま》を取った。

——………………残念。グラムあたりで換算すると、こちら。

思わせぶりな手つきでシールを剝がす。

――ブルーベリー。なんとわずか三十粒で、バナナ二本分、納豆二パック分。

おいっ。なんでそうなる。

中華風から揚げ弁当を放棄して階下へ走った。ブルーベリー関連商品の在庫を確かめるためだ。

在庫を保管する収納棚にあったブルーベリー関連はジャムだけ。ブルーベリーが眼精疲労に効くという情報は流行遅れになりつつあるから、すっかり油断していた。

もう納豆はだめだ。より影響力の大きい番組で引き立て役にされてしまったからだ。ゲストの一人の発言のおかげで、好感度は逆に下落してしまっただろう。

孝司が肩を十五センチぐらい落としていると、非生鮮係員の岡本がバックヤードに戻ってきた。孝司の正社員の部下はこの男だけ。近隣の店の偵察に行かせていたのだ。岡本は孝司の顔を見るやいなや、興奮した口調でまくし立てた。

「係長、またやられました」

「またって……サンペイのこと?」

サンペイは万引きの符丁だ。

「いえ、違います。ブルーベリー」

ついでに家電売場で番組をチェックしてきたらしい。

「ブルーベリー……まさか？」

嫌な予感がした。岡本がもともと陰気くさい顔をさらに暗くして頷く。

「そうです。またです。マルシェ・キムラにやられました」

マルシェ・キムラは同じ下浦駅前の食品スーパーだ。もともとは青果店で規模は小さいが、業種店や専門店ばかりの下浦駅前商店街では、リゾンに次ぐ大型店。侮れないライバルだった。

「店先にブルーベリー関連が山積みになってます。青果コーナーでも生のブルーベリーがウォーターフォール陳列！」岡本が眉間《みけん》にしわを寄せて首をかしげた。「なぜです？」

「こっちが聞きたいよ」

これで何度目だろう。先週もだ。昼のワイドショーで、ひじきが骨粗鬆症《こつそしょうしょう》に効果的という特集が組まれた日、マルシェ・キムラは、朝からひじきのワゴンセールをしていた。その前の週の『いまの季節こそ鰻で風邪予防！』の日は、店頭で蒲焼を焼くパフォーマンスで鮮魚係長をあわてさせた。なにせ鰻の売れ始め温度は通常、二十八度だ。先月は寒天。寒天茶や寒天ラーメンなどという商品まで用意していた。こっちは寒天など仕入れすらしていなかったのに。

事前に情報をキャッチしているとしか思えない。

孝司が岡本と暗い顔を突き合わせていると、突然、声がした。

「それは、ほら、あれよ」

チェッカー——いわゆるレジ係の山崎さんだった。二人のすぐ横で立ち聞きをしていたらしい。背が低いからまるで気づかなかった。

山崎さんはリゾン下浦店が十六年前にオープンした当初から勤めている大ベテランのパートタイマー。レジを打つ速度は他の従業員の追随を許さないにもかかわらず、彼女のさばく列がしばしばとどこおるのは、なじみ客とおしゃべりばかりしているからだ。

「あれって、なんです?」

孝司は自分の胸もとあたりの丸顔へ問いかけた。

「ほら、木村さんの上の娘さんが、こないだ結婚したでしょ」

「……いや、あいにく知りません」

木村さんっていうのはマルシェ・キムラのオーナーのことだろうか。

「したのよ。それがね、先にお腹が大きくなっちゃったんですって。旦那に似ちゃったからちっとも片づかないって、奥さんが嘆いてたのに、とうとう。旦那さんより奥さん似なんだけどねぇ」

「あのぉ、その話とさっきのあれとはどういう関係が……」

「あの娘《コ》じゃあ、文金高島田が大銀杏《おおいちょう》だわねぇ」

木村の奥さんと娘さんの容姿に関する手厳しい考察が終わるのを辛抱強く待って、もう一度尋ねた。

「それがね、木村さんの娘さんの結婚相手っていうのが、あそこに勤めてるんですって」

「あそことは？」

「あそこは、あそこよ、ほら。えーと……あら、いけない。ド忘れ。あらあら」

あらあらをしばらく繰り返してから、山崎さんがようやく口にしたのは、全国展開している大手流通グループの名前だった。

CMのスポンサーである大手には、事前にテレビ局から番組の情報が流され、仕入れやプロモーション展開に活用するという話は知っている。大手から情報が横流しされたわけだ。グループ全部で八店舗しかなく、広告は新聞の折り込みチラシしかやっていない弱小のリゾンストアには、叶わぬ夢だ。

「そうだったのかぁ」悔しい。それ以上に羨《うらや》ましかった。

「うちにも教えてくれませんかね」岡本が山崎さんの頭の上で顎《あご》を撫《な》でる。

「無理だよ。うちは同じ街であそこと競合してる店があるから。マルシェ・キムラならともかく、うちに漏らすわけがない」

山崎さんが胸の前で手を打ち鳴らした。

「そうそう、確か、内田さんの知り合いがあの会社にいるわね」

「内田さんって？」

「ほら、わかば美容院の先生」

「あの会社とは？」

「わかばは最近だめだわねぇ。先生、長いんだけどねぇ。パーマがサザエさんになっちゃうのよ」

わかば美容院のパーマと白髪染めの技術について山崎さんが辛口の意見を述べはじめると、辛抱しきれなくなったらしい、岡本は肩をすくめてバックヤードを出ていってしまった。もう山崎さんの休憩時間は過ぎているはずだが、孝司は気づかないふりをした。

「で、内田さんの知り合いの件なんですけど」

「ああ、そうそう。それでね、先生の二番目の息子さんのお嫁さんのお兄さんのお友だちが、あの会社なんですって。確かそう言ってた」

「あの会社って、どこですか」

「あの会社はあの会社よ。ほら、えーと、えーと……」


えーとを七回繰り返してから、手を打ち鳴らす。山崎さんが口にしたのは、さっきの昼のワイドショーを放送しているテレビ局だった。

「テレビ局かぁ」


孝司は腕を組んで天井を見上げた。藁《わら》を一本つかむ気分で言ってみる。

「ねぇ、山崎さん。その話、内田さんに確かめてもらえませんか」

「いいけど……あたし、次からヘア・サロンひばりのほうにしようかって迷ってるのよ。最近、ひばりはいいわよね。若いコやめさせてから」

「内田さんにかぎらず、ご町内の人たちに、テレビ局に知り合いがいないかどうか聞いてくれませんかね。頼みますよ。山崎さんの顔の広いところで」

ほめ言葉をつけ加えたのだが、話好きとはいえ、人の話を聞くのは好きじゃない山崎さんは迷惑顔をする。

「廃棄品でよければ、納豆をたくさんお分けしますけど」

「あらあら、それはうれしいわねぇ。あたし、黄門納豆がいいわ」


ダイニングテーブルいっぱいに料理が並んでいる。

ところ狭しと置かれた皿には和洋中エスニックの野菜料理、魚料理、肉料理。原材料が何なのかまったく判別がつかないものもある。

皿のすき間を埋めつくすように小鉢や小皿が置かれていた。中身は煮物、おひたし、酢のもの、和《あ》えもの。バケツみたいなサラダボウルには、たっぷりの野菜。

とんでもない量だった。

それだけじゃない。テーブルの向こう端には色とりどりの得体の知れない液体が入ったグラスと、錠剤、粉末、ドリンクタイプ、あらゆるサプリメントのパッケージが林立している。

キッチンから亮子が現れた。抱えたお盆の上には、果物が山盛りのフルーツ皿が段重ねになっている。

リビングの液晶テレビでは、日曜の夜の健康情報バラエティが流れていた。画面は早送り。番組がすさまじいスピードで終わったと思ったら、昼のワイドショーの映像が始まり、すぐさまそれがモーニングショーに変わった。早送りなのになぜかテレビからは声が流れている。ただしテープを早まわししたようなキンキン声で、何を喋《しゃべ》っているのかは不明だ。画面に映る映像もはっきりとはわからなかった。早送りにしているせいだけではない。美里がテレビの前でお尻を振っているからだ。

「♪つまんない、つまんない、つまんない、つまんない」

亮子が微笑みかけてきた。

「さぁ、食べて」

「え？　これ、今日の夕飯？」

「そうよ、最近、あなた疲れてるみたいだから、いつものメニューに、ちょっとひと手間。ほら、これはどう」

亮子が喉もとに肉料理を突きつけてきた。孝司は首をかしげる。少し前に夕飯をとり、それからふとんに入った記憶があるのだが、気のせいだろうか。

「疲労回復には、ビタミンB_1が豊富な豚肉がいちばん。アリシンがビタミンB_1の吸収を高める玉ねぎやにんにくなどといっしょに炒めたの。さ、食べて。ビタミン・ブー」

「ちょっと待てよ、他の肉も入ってるぞ」

「そりゃあそうよ。ビタミンAを摂るなら、やっぱり鶏肉だもの。含有量は豚肉の三倍から四倍よ。牛肉の赤みに含まれてる亜鉛も、食生活が乱れがちなあなたにおすすめ」

亮子の声がいつもと違う。健康情報バラエティのナレーションにそっくりだった。

「でもね、お肉を食べたら、それ以上に野菜を摂らなくちゃだめ。目安は一対二。そこでこれ。注目のトクする食材を発《は》っ見《け》ん〜っ」

亮子が今度は、松田家では正月の来客時にしか使わない大きな絵皿を突き出してきた。中身はゲル状で、原色をぶちまけたもんじゃ焼みたいなしろものだ。

「野菜炒めよ。βカロテンたっぷりのにんじん、さやいんげん。リコピンの宝庫、トマトもたっぷりと。ナスの色素成分のナスニンにはコレステロール値を下げ、動脈硬化を防ぐ効果が。発ガン性物質を抑制するダイコンのジアスターゼも注目っ」

「こんなに食えないよ」

「だいじょうぶ。キャベツのビタミンUが消化作用を助けてくれるから。カレーもどうぞ」

「カレー？　おととい食べなかったっけ」

「あら、毎日でもいいのよ。カレーの香辛料に含まれるカプサイシンの効果を最大限に引き出すカギは、連続摂取にあるのよ。三食かかさず摂るのがベスト」

亮子は目を白目にして喋り続ける。

「DHA、EPA、タウリン、コラーゲンなどが、脳細胞を活性化させ、悪玉コレステロールを抑制し、ドロドロ血をサラサラにし、お肌をつるつるにし、シミ、ソバカスを予防し、無理なくダイエットできる魚料理もお忘れなく」

「こんなに食えるわけない。食いすぎで体がおかしくなるよ」

「いいのよ、健康のためなら」

いまや、いたるところに健康食材とその情報が氾濫《はんらん》しているが、マイナスの要因について誰も語らないのはなぜだろう。入社以来、食品畑一筋の孝司は、他人よりくわしい。世の中に流通している食品が、いかに危ういかについて。

農薬、保存料、酸化防止剤、発色料、着色剤、抗菌性物質、ダイオキシン、ホルマリン、殺菌剤、防カビ剤、殺虫剤……健康食材と人々がありがたがる食品の中にだってそれらは含まれているのだ。

「ささ、早く」

「死んじまうよ」

「いいのよ、健康のためなら」

いきなり背後から送り襟絞めをかけられた。

「だめだよ、松田ちゃ〜ん」

課長の声だった。

「ちゃあんとお客さまの健康ニーズを把握しなくっちゃ。低カロリーで食物繊維たっぷりの寒天は、いまや注目のダイエット食材でしょうが。柿ピーのピーに含まれるコエンザイムQ10は、美肌と老化防止の決め手じゃない。にがりの六つのミネラルを見落としちゃあだめよ。チョコも忘れてもらっちゃ困るなぁ。チョコの中のカカオには代謝を高めるテオブロミンだけでなく、ポリフェノールも豊富だからね」

亮子も声を揃える。

「ポリフェノールといえば、ブルーベリー、緑茶、黒豆なども要チェックですね」

美里がお尻を振り続けている。

「もう、やだ。もう、やだ。やだやだやだやだ」

首を絞めあげてくる課長の力が、ぐい、ぐい、と強くなっていく。

うわ。声をあげた瞬間、目が醒めた。全身にオリーブオイルみたいな寝汗をかいていた。

――今日のテーマは『ひじ・かかと　たわしでつるつる美容法』です。

モーニングショーのレポーターの最初のひと声で、食品課の係長全員がテレビの前を離れた。二階では生活雑貨係長が在庫を調べに走り出しているはずだ。

孝司は事務所のホワイトボードに貼られたノルマ達成表を眺めてため息をつく。

あいかわらず非生鮮部門は、日々の達成数値を下回り続けている。

やはり納豆人気は月曜日の午前中までだった。午後にはブルーベリーにとって代わられた。水曜日に大量に納品したチョコレートの伸びももうひとつ。今日は金曜だが、すでにふだんの売り上げ高に戻っている。

チョコレートでダイエットするためには「カカオ成分が七十パーセント以上のものでなければ効果がない」らしい。ほんの数日のうちに街の主婦たちのあいだにその情報が広まったためだ。リゾンストアが仕入れているチョコレートには該当する品がないのだ。

「健康と美容によく効く食材」の情報は、日々流され続けているが、たいていのモノがすぐに忘れられていく。「もっとよく効く食材や成分」が毎日のように現れるからだ。いちいち敏感に反応しても、報われないことが多いのだが、孝司も他の係長たちも番組のチェックをやめることができない。人々が飽くことなく「もっとトクをする」情報を求め続けるのと同様に。

常に「新たな商品情報」を発信していないと、客の足が少しずつ遠のき、他の店に奪われてしまうからだ。一週間に五千円を使ってくれる客を百人、他店に奪われれば、年間の損失は二千六百万円！

もちろん全体の収益からすれば、納豆やブルーベリー食品やチョコレートの売り上げがたとえ倍になったところで、大きな差にはならないのだが、ひとつの目玉商品は、他の商品購入の呼び水になる。値引きセールスをせずに目玉になる「健康トレンド商品」はありがたい存在なのだ。

流通業界に入って十五年経《た》つが、孝司はいまだに消費者のニーズというものが、よくわからなかった。どこが頭やら尻やら何を考えているのやら、巨大なナマコみたいにとらえどころがない。

課長が二階から降りてこないうちに、売場へ戻ることにした。とりあえず、一昨日、昼のワイドショーで取り上げられた高野豆腐に、レシピ付きPOPを立てておかなくては。

立ち上がり、エプロンを手に取ったところで、電話が鳴った。

——松田係長に外線1番で～す。

誰だろう。開店前のこの時間に。クレーム電話でなければいいのだが。冷凍エダマメの中に虫が入っていたために、先月もひと騒動があったばかりだ。

——もしもし、松田さん？

ええ、と答えてから首をかしげた。なれなれしい口調だが、聞き覚えのない声だ。

——山崎さんから話を聞いた者だけど。

相手は声をひそめる。孝司も小声になった。振り向いて部屋に人がいないことを確かめる。

「もしや、内田さんのお知り合いの……」

——ああ、まぁ、そういうとこかな。

「テレビ局の方ですか」

声が上ずってしまった。

――そ。僕と話をする気ある？

「あります。あります」

――今日、そこの近くまで行く用事があるんだけど出られるかな？

「出れます。出れます」

――じゃあ、その時までに、用意してくれるよね。

「用意？……と申しますと」

――頼むよ。大人の会話しようよ。慈善事業で電話してるわけじゃないんだからさ。

「ああ、なるほど」

金か。確かにただで情報をもらおうなんて考えていたのは、甘かったかもしれない。だが、金を要求されたとたん、孝司の頭は冷静になってしまった。金を払ってまで手に入れるほどのものだろうか。寒天や高野豆腐を売るための情報が？

「申しわけないんですが――」

しかし、ホワイトボードのノルマ達成表が目に入った瞬間、思い直した。

このままいけば次の異動では、ＯＬや若い奥さんの客が多い栄町店の衣料品課長どころか、いまだに豹柄ともんぺスラックスが売れ筋の奥野辺店送りかもしれない。

――申しわけないって、なにさ？

「いや、なんでもありません。ところで、そちらさまの情報というのは、何回放送分なのでしょう。教えていただけませんか」

――うーん、一週間分ってとこかな。

「一週間かぁ」

――二週間でもいいよ。そこまでは企画が決まってるから。

孝司の頭の中に損益計算書が浮かんだ。もちろんリゾン下浦店のものではなく、自分自身の。健康トレンドに奇跡の嗅覚を持つ非生鮮係長――いまの孝司には金を払ってでも手に入れたい称号だった。その噂はいずれ本社の人事部にも届くだろう。

待ち合わせの時間と場所を決めて受話器を置く。小さくガッツポーズをした孝司の頭に今度は家庭内の損益計算書が浮かんだ。亮子になんて言えばいいのだ。

財布から銀行のカードを取りだした。美里のブーイングにたえかねた亮子に、数日前から渡されている。家電売場にテレビとビデオの掘り出しものが出たら、社員割引で買うためだ。「これでお前も栄町店の課長夫人！　新しいテレビとビデオはあきらめてくれ」かな。頭の中の損益計算書の前で、美里が尻振りダンスを始めた。「やだやだやだやだ」無理だ。

わが家のカードを引っこめ、免許証の裏に忍ばせている別のカードを抜き出した。よく飛ぶと評判のゴルフクラブを買うために、少しずつ貯めていたへそくりカードだ。やっぱり、こっちだな。奇跡の飛距離を持つ非生鮮係長の称号はあきらめなくてはならないけれど。

さぁ、開店の時間だ。エプロンをつけて売場へ出る。この時間帯はまだ客はまばらだ。ことに中央部の片側の非生鮮売場には客の姿はまるでないが、今日の孝司は気にならなかった。岡本と品出しのアルバイトに声をかける。

「さ、今日もはりきっていこう」

岡本が目を丸くした。おっと、いけない。自分が奇跡の嗅覚を手に入れたことは秘密にしておかねば。

3番レジで山崎さんが客とおしゃべりをしている。髪が不自然なほど黒々とし、前髪がサザエさんになっている。孝司の視線に気づいて、あわてて袋詰《サツカー》めを始めたが、孝司はこちらを窺《うかが》ってくる顔にウインクを投げかけてやった。口止め料として納豆にチョコレートもつけようか。

待ち合わせ場所は駅向こうの、店から歩いて十分ほどの喫茶店だ。ここなら知った顔に会わずにすむはずだった。

電話の男が先に到着していた。店内が空《す》いていたせいもあるが、相手はすぐにわかった。ボタンダウンのシャツ。セーターは脱ぎ、袖を結んで肩にかけている。七三に分けた長髪で、店の中なのにサングラスをかけたままだった。約束の時間の三分前だが、習い性の低い腰で遅れて着いたことを詫びると、男は鷹揚《おうよう》に片手を振った。

「いやいや、こっちが早すぎた。今日は道が空いてたから」

そう言って窓の外へ顎をしゃくる。道の向こう側にモスグリーンのジャガーが停まっていた。下浦までの鉄道路線と乗換駅を教えた自分が恥ずかしくなった。

男と名刺を交換した孝司の手は震えてしまった。そこには確かに、例の昼のワイドショーを放送しているテレビ局の名が燦然《さんぜん》と刻まれている。

肩書はプロデューサー。名前は、君島《きみじま》。どこかで聞いたことのある気がする名だ。マスコミに登場するほどの有名業界人かもしれない。服装は若いが、長髪に混じる白髪を見ると、四十半ばぐらいか。

「あのぉ、さっそくですが」

君島が床に置いたバッグから封筒を取りだした。孝司が手を伸ばすと、テーブルに置いた封筒の上で両手を組んでしまった。孝司の目を捉えて咳払いをする。

「ああ、これはこれは、失礼いたしました。とりあえず、寸志を」

内ポケットから封筒を取りだしたのはいいが、ジャガーを見たとたん不安になった。用意した金は十万円。高給取りだろうテレビ局の人間には鼻先で笑われてしまう気がした。

君島は開けた封筒に息を吹きかけてふくらませ、中身を出さずに枚数をかぞえはじめた。あまり喜んでいないことは表情を見ればわかる。

「ほんとうに寸志です。申しわけありません」

「ま、いいよ。助かった。ちょっとわけありでね。前払いでもらってた交際費で、キャバクラのお姉ちゃんとシーメ食いに行っちまって。今日、タレントさんとミーノしなくちゃならないの忘れてて。で、あんたの話を聞いてたこと、思い出したってわけ。こういうの本当はかなりヤバいんだけどさ」

なるほど。孝司にしてみれば少ない額ではないが、十万円で情報が買えたのは僥倖《ぎょうこう》なのかもしれない。君島が差し出してきた封筒に、深々と礼をしてしまった。

封筒に入っていたのは、たった二枚の紙。しかし、その二枚には孝司を奇跡の非生鮮係長に変える魔法の呪文が書かれているのだ。

夢にまで見た放送内容リストは、思ったより簡素なものだった。

Ａ４の用紙に作成された表にパソコン文字でそっけなく日づけが記され、その横におおざっぱなテーマと扱われる素材が手書きされている。

またも、ラッキー。もともと食品の効能がテーマになることの多い番組だが、ざっと見たところ、これからの二週間の半分は、非生鮮売場で並べられる商品だった。

感動。それ以外の言葉が思いつかない。またもや手が震え、リストの文字が小刻みに揺れた。

「ほぉ、月曜日は、こんにゃく、ですか」

来週の月曜の日づけのあとに「花粉症」「こんにゃく」と書いてあった。

「そ、花粉症には、こんにゃく。月曜はこれ一本で押すよ」

これ一本——素敵な響きだった。おすすめ食材がいくつもあっては、注目度が低くなる。

「あ、間違えないでね、糸こんにゃくのほうよ。ただのこんにゃくだと、いまさら感があってさ。すぐにチャンネル替えられちゃうから」

「糸こんにゃくですね。承知しました。助かります」

「なんのなんの」

「あのぉ、君島さん。折り入ってお願いが……」

「なに?」

「もしよろしければ、今後もおつきあいいただけますか。すべての放送予定を教えてくれとは申しません——」

毎回、予想が当たってしまうのも不自然だ。情報源をつかんだだけだということがバレてしまう。そもそも金が続かない。

「ときおり、このように会っていただけませんか。寸志しかお渡しできませんが」

亮子にわけを話して、金はなんとかしよう。休日前の本当のビールも我慢だ。あと二回、四週分、二十万。いや、あと三回、三十万。損して得をとれ。特売商品と一緒。それで課長の座が買えるなら安いもんだ。

君島はコーヒーをすすりながら、あっさりと言った。

「構わないよ。じつはさ、女房に内緒で、レコがいてさ」

レコと言って、小指を突き立ててみせた。その指をひこひこ動かして言う。

「こいつがまた金がかかるんだわ。いくらあっても足りゃしない」

「ほほぉ、それはそれは羨ましい」ほんとうに。こっちはゴルフクラブ代を貯めるだけで二年もかかったというのに。

君島が孝司に顔を寄せてきて囁《ささや》き声を出す。

「ここだけの話、番組で扱う品物って、実はスポンサーさんとのしがらみがいろいろあってね。半分はビジネスよ、ビジネス。たまには現場にもキックバックがあったって、バチはあたんないよね。そのかわり、こっちのほう、くれぐれもよろしく」

君島は唇にチャックをするしぐさをして、いかにも海千山千のマスコミ業界人風に、ひひと笑う。

「わかってます」

孝司も、ひひと笑った。だが、流通業界人特有のえびす顔だったから、あまり迫力はなかった。

月曜日。昼のワイドショーが始まる五分前。従業員休憩室で、孝司は気もそぞろにインド風から揚げ弁当をつついていた。胸が熱くたぎっているのは、試食させられているから揚げのスパイスが強すぎるせいだけではないだろう。

テレビを囲む一団の最前列に山崎さんのサザエさん頭があった。目が合った機会を逃さず、孝司はこっそり唇にひとさし指をあてた。山崎さんの口の軽さだけが心配だったが、まぁ、問題はないだろう。山崎さんの話は情報量が多すぎて、誰もがろくに内容を覚えられないのだ。

オープニングテーマが流れはじめた。さぁ、勝利の瞬間だ。大量に仕入れた糸こんにゃくに同僚たちは首をかしげていたが、もうすぐ俺の霊感に驚愕《きようがく》するだろう。今朝、新聞のテレビ欄を見た時から、孝司の胸は高鳴り続けている。番組予告には男の言葉どおり、こんな文字が躍っていた。

『春のあなたの悩みを解消！　マル秘食材』

司会者が昭和時代のギャグでスタジオを笑わせたあと、新聞の予告どおりのテーマが発表された。そして、いつものようにシールが貼られたフリップが登場する。

（　　　　）には（　　　　）が効く

——今日は、す、ご、い、情報ですよぉ。見た人だけがトクする。見てない人は大損！

テレビの前に陣取ったおばちゃんたちが、黄土色の声でさんざめきはじめた。

「便秘には、ウコンが効く」「それ、先月やったわよ」「春のあなたの悩みには、マル秘食材、が効く」「まんまだわねぇ」「オクラよ、オクラには使い勝手が、効く」

ふふふ。孝司は背後で一人ほくそえんでいた。もちろん孝司にはシールで隠された文字がわかっている。全知全能の予言者になった気分だった。

司会者がわざとシールを剝がし間違えて、じらしにじらす。おばちゃん軍団全員が椅子の上で身もだえしていた。ふふふふ。

ようやくシールを剝がした。一瞬だけ静かになったおばちゃんたちがまた騒ぎ出す。

「ほらほら」「やっぱり」「そうよねぇ」「だから言ったでしょ」

フリップはこうなっていた。


（春先に崩れがちな自律神経）には（春菊）が効く

え？

見まちがえだろうか。孝司は目をしばたたいた。

女性アナウンサーがフリップを読んだ。

――春先に崩れがちな自律神経には、春菊が効く。

ぽかりと口を開けたままの孝司を置いてきぼりにして、番組はどんどん進行していく。

——さて、それでは、春菊の香り成分α‐ピネンを効果的に摂る料理法とは——

テレビでは延々と春菊の話が続いている。花粉症の「か」の字も、糸こんにゃくの「い」の字も出てこない。急に胸騒ぎがしてきた。孝司は大股でおばちゃんの一団に歩み寄る。

「おひたしよねぇ」「そうそう、おひたし」「でも春菊苦いから。あたし、オクラのほうがいいと思うけど」「ゴマ和えじゃない」「それは先月やったわよ」

後ろから山崎さんの背中をつついた。

「酢味噌和え？」「サラダかもしれないわねぇ」「春菊よりオクラよねぇ——ちょっとぉ、誰よ、痛いじゃない」「あら、山崎さん、松田係長がお呼びよ、うふふ」「うふふ」「うふふ」

振り向いた山崎さんに指で「ちょっと来てくれ」というサインを送った。

休憩所の隅に行き、目を尖らせて山崎さんを見下ろす。向こうも尖った目で孝司を見上げてきた。

「なに？　このあいだから。みんなが変な目で見てるじゃない。あたしには夫も子どももいるのよ。孫も」

おばちゃんたちがこっちを見て、うふふ、うふふ、と笑っている。なんだか、とてつもなく恐ろしい誤解を受けているらしい。だが、いまはそんなことなどどうでもよかった。

「例の話、していただけましたよね」

「例の話？　久保さんの上の娘さんが出戻った話？」

「いえ」おばちゃん連中は耳をすましているだろう。孝司は声を落とした。「テレビ局の人を紹介してくれるって話です」

「ああ、あれねぇ、あっちこっちに声かけてみたわよ。なかなかいないわねぇ、そういうヒト」

「内田さんには——美容院の先生には、ちゃんと話をしてもらったんですよね」

山崎さんはサザエさん頭のほつれ毛を直しながら言う。

「先生と話？　もちろんしたわよ。ヘア・サロンひばりの噂話」

「テレビ局の人を紹介してくれるという話は？」

山崎さんが目をぱちくりさせた。

「あらあら、いけない。それは忘れてたわね。ヘア・サロンひばりがまた新しい若いコを雇ったって話を聞いたから。このコがひどいらしいのよ。で、先生と大笑い……あらあら」

自分がどんな表情をしているのか孝司にはわからなかったが、さすがの山崎さんも言葉を呑むほどのものだったようだ。ただし黙りこんだのは、ほんの一瞬。

「ごめんなさいね。でも他の人には話したわよ。レジでもお客さんに声かけてみたし」

騙《だま》されたのだ。いったい何人に声をかけたのだろう。考えたくもなかった。きっと孝司の名前も口にしたに違いない。「山崎」という名札をつけたまま。妙なヤツの耳にも事情がすぐわかるほど念入りに。

「あらあら、いけなかったかしら？　ごめんなさいね。納豆は黄門納豆じゃなくて、普通のでいいから――」

最後まで聞いちゃいなかった。孝司はその場で踵《きびす》を返した。これで栄町店衣料品課長の夢はぱぁ。十万円もぱぁ。残ったのは、いつもの十倍の量を仕入れてしまった糸こんにゃくだけだ。

食品課事務所へ行き、パソコンを起動させた。ＰＯＰの定型フォーマットを呼び出して、凝った飾り文字を打ちこむ。色もふんだんに使って完成させてから、プリントアウトした。それをひっつかんで売場へ向かった。

籐カゴやワイヤーバスケットで糸こんにゃくをファッショナブルに演出したコーナーの、いちばん目だつ場所にＰＯＰを置く。こう書いてある。

『マスコミでいま大評判のヘルシー食材！　人よりキレイに、人より健康になるために。三食とろう！　糸こんにゃく』

「係長、なんすか、それ」

他店の偵察に出かけていた岡本が戻ってきた。ＰＯＰと孝司を見比べて、不安そうな声を出す。

「こんなことしちゃってだいじょうぶですか」

孝司は自信たっぷりに頷いた。

「ああ、だって、どうせ何かには効くんだ。どこかでは大評判だろうよ」

「いや、しかし……」

「いいから。しばらくは糸こんにゃくフェアだ。在庫、全部もってこい」

孝司の語気に押されて、岡本がバックヤードへすっ飛んでいった。

あい変わらず非生鮮売場に客の姿はない。孝司は深く長いため息をつき、周囲にバイトやパートもいないことを確かめてから、呟いてみた。

「もう、やだ。もう、やだ」

それから陳列台の前で尻を振って踊った。

「やだやだやだやだやだやだやだやだ」

美獣戦隊ナイトレンジャー

時計の針が午後四時をまわると、由美子《ゆみこ》はもう洗濯どころではなく、今日三回目の洗濯物を脱水槽に放りこんだまま、まだ生乾きの二回目をベランダの物干しから引きはがした。二階の寝室の床にシャツやパンツやベビー服、よだれかけ、靴下、その他もろもろを放り出すと、体の両端が映らない細いスタンドミラーで髪を直す。薄く口紅も塗ってみた。鏡に映っている生活やつれした自分が、少しは若返って見えるように。

小さくスキップをして部屋を出て、ケチャップのしみがついたエプロンをはずした。もうすぐ夫の知らない密会の時間なのだ。人妻であることも、二児の母であることも忘れて、乙女に戻るほんのつかの間の時。毎週金曜日はカズマに会える日だった。

娘の毬萌《まりも》はよく寝ている。たっぷりミルクを飲ませたから、当分目を覚まさないはずだ。問題は秀太《しゅうた》だった。この春から小学生になった上の子。廊下を隔てた向こう側の子ども部屋で、さっきからピコピコとゲーム機の電子音が続いている。週末のひとときの恋の逃避行を成就させるためには、最近とみに大人びてきて、勘も鋭くなった秀太をなんとかしなければならない。時刻は午後四時二十五分。急がないと、時間に遅れちゃう。由美子はドアを開け、さりげなさを装って声をかけた。

「秀太、しゅうたぁ～」

背中を向けたまま秀太が答える。

「なによぉ、いま第二の殺人のナゾがとけたとこなのにぃ」

どうやら、最近凝りはじめた少年探偵が主役のR・P・G《ロール・プレイング・ゲーム》をしているらしい。死因は絞殺だの毒殺だの、動機は金銭トラブルだの三角関係のもつれだのと、小学一年生にあるまじきせりふを吐くようになったのは、この推理ゲームのせいだ。どこまでわかってボタン操作をしているのかは疑問なのだけれど。

「始まるよ、テレビ」

「はじまるって、なに」

「ナイトレンジャー」

子猫の前でガラス製の餌皿《えさざら》を叩くような声を出したのだが、身長百二十センチ用のトレーナーが窮屈になってきた背中は振り向こうとしない。

「ああ、なんだ」

「なんだじゃないでしょ、ほら、早くしないと始まっちゃうよ」

「いいよ、見ない」

それは困る。とっても。

「なぜ」

「だってつまんないもん。ユウちゃんも言ってた。ナイトレンジャーは子どもだましだって」

子どものくせに、子どもだましも何もないでしょうに。小学校に上がったとたん、急に生意気になった気がする。入学を機に、女の子みたいなオカッパの髪を短くしたら、顔も小生意気になってしまった。自分によく似た顔立ちだとばかり思っていたのに、なんだか夫の雅《まさ》之《ゆき》に似てきた。刈り上げたうなじの盆のくぼがへこみすぎているところなんか、そっくり。

「あ、たいへん、始まっちゃう。ほら、早く下へ行きなさいよ」

「だめだよ。だって、これから次の殺人のナゾをとくんだ。凶器はやっぱり、柱時計の針だったんだよ」

「早く来なさいっ！　あと五分しかないじゃない」

つい声が苛立《いらだ》ってしまった。秀太には一階のテレビの前に居てもらわないと困るのだ。

「見たって、どうせいつもと同じだよ。最後はナイトレンジャーが勝つんだ。妖魔怪人はめちゃめちゃ弱いもん。いいよ、今日は」

「よくないっ！」

「ママ、こわい……」

携帯ゲーム機の上で忙しげに動いていた、もみじまんじゅうみたいな手が止まった。いけない。つい興奮してしまった。由美子は低くなってしまった声を半オクターブほど高くした。

「そうだ、おやつまだだったよね。ポポロン、出しましょうか。ママ、昨日、ヨーカドーに行ってきた時に買っておいたのよ」

秀太がくるりと振り向いた。目がポポロンになっている。生意気なようでまだまだ子どもだ。

でけでけでけ。威勢よく階段を駆け下りていく足音を聞いて、由美子は胸をなでおろした。

二世帯住宅として建てられたこの家の一階は、もともと夫の両親が住むスペースだったのだが、四年前に舅《しゅうと》が亡くなってからは境界がないも同然の状態になっている。

時計を見た。四時二十八分。こうしてはいられない。由美子も階段を駆け下りた。でけでけ。

『美獣っ戦隊ぃぃっ、ナイトレンジャァア！』

テレビ画面にタイトルが現れ、五人の超人ヒーローがそれぞれの決めポーズをつくってけたたましく叫ぶと、リビングの座卓で広告チラシを読んでいた姑《しゅうとめ》の久子《ひさこ》が顔を上げた。

少し前ならテレビに首を突っこむように見入ったものなのに、秀太は携帯ゲーム機を操る片手間に目を走らせるだけだ。お金のかかっていないことが素人《しろうと》にもわかるCG映像のオープニングにすっかり飽きているのだ。由美子はLDKがひとつながりになったキッチンで秀太のお気に入りのハム太郎の絵皿に、そそくさとポポロンを盛りつける。

いくぞいくぞいくぞ　夜を切り裂いて〜

主題歌が響き渡り、マスク姿に変身した超人たちがトンボを切って近づいてくる。

たおせたおせたおせ　闇の妖魔たち〜

こんどは後ろにトンボ返り。確かに子どもだましだ。

『トワイライトブリザァアードッ、レッドナイト！』

五人の超人が一人ずつ自分の得意技を披露して見得《みえ》を切ると、のっぺら坊主が水中眼鏡をつけた感じのマスクがアップになり、ＣＧでそれが二つに割れ、中から素顔が現れる。

『ホライズンサンダー、グリーンナイト』

『ティンクルフラッシュ、ピンクナイト』

『オーロラバスター、イエローナイト』

『ムーンライトフリットオォー』

由美子は顔を上げる。超人ビームのような視線を対面式キッチンのカウンターから、ダイニングの向こうのリビングへ放った。

『ブルーナイトォォ』

青色のマスクの下から現れたのは、悪戯《いたずら》小僧みたいなもしゃもしゃのワイルドヘア。ややつり目がちの涼やかな瞳。小さな唇とコリー犬のように通った鼻筋。ブルーナイト役の俳優、篁一真《たかむらかずま》だ。由美子の目はテレビ画面へ釘付けになる。おとしの新色を塗った唇からため息がこぼれ、袋からポポロンがぽろろんとこぼれた。

ああ、今週も逢えた。カズマ君に。

カズマは前髪をふわりとかき上げ、凛々《りり》しい眉《まゆ》の下の切れ長の目で画面のこちら側にいる由美子を見つめてくる。他のレンジャーたちのようにニヤついたりしない。なつかない家なし猫みたいな目だ。

最近の子ども向けのヒーロー番組に登場する俳優は、いい男揃《ぞろ》いだ。実質的なチャンネル権を握っている主婦層に狙いをさだめているのだろう。どの番組も競ってビジュアル系の男の子を起用している。

「リモコンを押せば、そこはホストクラブ。よりどりみどりだよ。いいねぇ、やっぱり若いコは。お肌つるつる」秀太が公園デビューをした時からのつきあいであるユウ君のママが、よくそんな話をしていたが、そこはホストクラブ、と言われても、行ったことのないホストクラブをうまく想像できなかったし、由美子は格別に興味を抱《いだ》けなかった。このナイトレンジャーが始まり、篁一真をひと目見るまでは——

冒頭にはちょっとしたドラマシーンがあり、変身前の超人たちが素顔で登場し、彼らの私生活や人物像が描かれる。たわいもないストーリーだし、若手の無名俳優ばかりだからお世辞にも演技がうまいとは言えないのだが、由美子の視線はテレビ画面に吸いついたままだった。

今日はバイクショップ〝シークレット・ナイト〟――実はナイトレンジャーたちの秘密基地。秘密の基地なら違う名前にすればいいと思うのだけれど――に五人が集まり、お互いの生まれ故郷を語り合っている。ピンクナイト役の女優が、自分の生まれ育った街とそこに立つ大きなカシの木について、熱い思いをせつせつと語りはじめた時点で、今回のエピソードの主役が彼女であることと、戦いの舞台となる場所もわかってしまった。

残念ながらカズマのせりふは「どうでもいいだろ」のひと言だけ。隅っこでいじけたようにうずくまったまま画面の中央に出てこようとしない。ブルーナイトは無口で、その過去は謎という設定だから、せりふもアップも少ない。それが由美子のいつもの不満なのだ。

予想どおり、悪役の基地から送りこまれた、そろそろネタ切れぎみの怪人は、脳に植物を憎む記憶回路を埋めこまれているとかなんとかかんとかで、ピンクナイトの故郷に出現し、街を大パニックに陥れる。公園の花を踏みつぶし、高枝切りバサミみたいな腕で街路樹の枝を落とし、奇怪な咆哮《ほうこう》をあげて花屋の店先のエキストラたちを逃げまどわせるのだ。

ガゴンベゴンギガゴゴ

ゲゴベゲゴギゴボグガ

「やれやれ、やかましいねぇ。秀くんももう小学生なんだから、そういうテレビは卒業したらどうだい」

お義母《かあ》さんがしかめっ面《つら》をすると、秀太が唇を突き出した。

「だってママが……」

「ほら秀太、ポポロン」

由美子はつつと滑るように歩き、ひよこみたいに尖《とが》った口にお菓子を放りこむ。おかげで、踏みにじられた花を誰にも知られずそっと植え替えているカズマの数少ない登場シーンが半分しか見られなかった。

よせばいいのにピンクナイトがトドメを刺してしまうから、怪人が巨大化してしまう。怪人は倒されても蘇生し、巨大化してかえって手強《てごわ》くなるのだ。どう考えても学習能力の欠如。しかし、ここからが見どころだった。

毎回同じ場所に見えるミニチュアの街並みで巨大怪人が暴れまわる。経費のかかるセットを使いまわししなくてはならないことを悪の手先もよく心得ているらしく、ビルはけっして壊さない。

ナイトレンジャーたちが現場へ急行する。今日はラッキー。カズマがバイクで疾走するシーンも挿入された。

全員が集結。キッチンへ戻って夕食の準備に忙しいふりをしていた由美子の体が前傾姿勢になった。ここで毎回、素顔の五人が斜め四十五度のアングルでアップになるのだ。カズマは左隅できりりと眉を吊《つ》り上げていた。ああ、なんて素敵なの。

巨大怪人が間近に迫ってくると、ナイトレンジャーたちはひしと寄り添う。横綱の土俵入りみたいな手つきをして、全員で歌うように叫んだ。

『ナイトチェ〜ンジ！』

画面いっぱいに極彩色の光が渦巻き、その中にカズマとその他四人が吸いこまれていく。そして、ナイトレンジャーが超人に変身。そのとたん、秀太はゲーム機を放り出し、椅子《いす》の上に立ち上がった。

「ないとちぇ〜んじっ」

超人たちと同じポーズをとる。やっぱり、まだまだ子どもだ。反対に由美子はテレビにたちまち興味を失った。

変身後のブルーナイトの中身が篁一真でないことは知っている。カズマが入っているなら、たとえ顔が見えなくたって、ピチピチのコスチュームの下の伸びやかな手足や、贅肉《ぜいにく》のないウエストや、その下のもっこりに見とれてしまうところだけれど。こっそりチェックしているインターネットのナイトレンジャー・ファンサイトにカズマ自身のコメントが載っていたのだ。

『僕もレッドナイトの蒲生《がもう》さんもジャパン・アクション・スクールの出身ですから、本当はアクションシーンも自分でやりたいのです。危険と隣合わせの緊張感を求めてJASに入ったわけですし。でも、万一僕らが怪我《けが》をしてしまうとスタッフの皆さんに迷惑をかけてしまう。だからスタントの方にお願いしてるんです』

由美子が篁一真を好きなのは、こういうところだ。けっしてルックスだけじゃない。まだ二十一歳だというのに、大人。しっかり自分を持っている。世間の注目はレッドナイト役の蒲生賢人《けんと》のほうに集まっているようだが——この間もトーク番組にゲスト出演して、自分の不良時代のくだらない昔話を得意気に話していた——カズマより二つ年上で何年も前に芸能界デビューしているのにまるで馬鹿。ナルシスト丸出し。カズマ様とは大違いだ。

カズマのことならなんでも知っている。高校時代には器械体操をやっていて、ジュニアの日本代表にあと一歩というほどの選手だったこと。ケガで体操の道を断念して、高校を中退し、ＪＡＳ《ジャパン・アクション・スクール》に入ったこと。母親と二人暮らしで母の日にはかならず三本のカーネーションを贈ること。好きな食べ物はカレーライス。趣味はバイク。血液型はＡＢ。天秤座。由美子とはベストパートナーになれる相性。カズマが身近にいて、自分があと十五歳、いや十歳若ければ、絶対にほうっておかなかっただろう。

番組はラスト近く。巨大怪人が倒され、地上に光が戻り、五人の超人が組体操みたいな決めポーズをとっている。由美子は再び二十九インチテレビが溶けそうなほどの熱視線を浴びせた。ここから先も見逃せない。

素顔に戻ったカズマその他四名の短いドラマシーンがある。先週はカズマが演じるブルーナイトこと青葉北斗《あおばほくと》の謎の生い立ちが明かされる直前で話が終わってしまったのだ。由美子は大根のかつらむきをしていた手を止めた。いつものようにリーダー役のレッドナイトがせりふを棒読みしはじめた。

『北斗、お前は本当にアラスカから来たバイクライダーなのか？』

そらきた。両手で大根を握りしめた。もう秀太の視線はゲーム機に戻っている。由美子はかたずを呑《の》んで画面を見守った。

カズマの顔がアップになったとたんだった。

「秀ちゃん、見てないんだったら、消すよ」

お義母さんが立ち上がりリモコンを手にとった。ちょっと、やめてよっ！

由美子は声を上げた。だが、それは魂の叫びだったから、もちろん姑の耳には届かない。

プチッ。

無情な音とともにテレビが消える。由美子はこめかみで血管が切れる音を聞いた。ぷちっ。

「まったく最近の子ども番組は騒々しいのばかりだねぇ。いいのはサザエさんぐらいのもんだよ。ねぇ、由美子さん」

「そうですねぇ」

ひきつった顔に笑顔を張りつけて答えたものの、本心では紫色に染めた頭にムーンライトフリットをかましてやりたかった。だけど、それは無理だ。ナイトレンジャー・パワーは、心に美しい獣を飼う選ばれし五人の戦士にしか与えられない、秘密のパワーなのだ。

お義母さんが立ち上がったのは、自室に戻るつもりであるらしいのが、不幸中の幸いだった。嫌がらせかと思うほどゆっくりゆっくり姑が出ていくのを、キッチンで足踏みをしながら待ち、ドアが閉まると同時に、和服で走る時の足どりでリモコンの置かれたテーブルへ急いだ。

「そろそろ終わったかしら、ニュースの時間よね」

言いわけがましい言葉を口にしたのだが、ゲームに夢中の秀太は聞いてはいなかった。リモコンのスイッチを押し、ボリュームを絞る。画面では、正義の戦士より渋谷駅前のスカウトマンが似合いそうなイエローナイトが、女の子を口説くような声で喋《しゃべ》っていた。

『――だったのか。信じられない。だがな、北斗。俺たちは、それでもお前を信じる――』

んもうっ。終わっちゃった。カズマの告白シーン。しかも、イエローナイトがこんなことを言いだした。

『北斗？　……北斗？　どこへ行っちまったんだ、ブルーナイト！』

カズマ君がいなくなっている！　リビングのドアの向こうの姑の部屋へ、由美子はナイトレンジャー・キャノンの見えない引き金をひいた。

あきらめるのはまだ早い、予告篇にカズマが映るかもしれない。由美子は、ナイトレンジャーの合体ロボの玩具《おもちゃ》がどんなに楽しいかを子どもたちに訴えているコマーシャル画面が終わるのを、じりじり胸を焦がしながら眺め続ける。

いきなりナレーションがこう切り出した。

『来週から放送時間が土曜の朝八時に変わります』

げ。なによ、それ。土曜日なんて困るじゃない。姑だけじゃなくて、夫の雅之までいる中で、どうやって子ども番組を見ろと言うのだ。

二階にもリビングはあるが、食事とお風呂は別々に、という同居を決めた時の約束は、「不経済だから」というお義母さんのひと言で、とうの昔に反故《ほご》になっていて、舅が亡くなってからは、物置同然だ。テレビもあるにはある。しかし、だいぶ前から調子が悪く、衛星放送しか映らない。故障した時に「しばらくは秀太にお金がかかるし、買い換えるのは、今度のボーナスが出てからにしましょ」と言ってしまったのは、あろうことか由美子自身だった。

それだけじゃなかった。さらなるショックが由美子を待ち受けていた。予告篇にいつも大写しになるレッドナイト蒲生賢人のアホ面ではなく、珍しくカズマが映っていたから、放送時間変更のことも忘れて、胸の前で両手を組み合わせて瞳を輝かせていたら、とんでもない言葉が耳に飛びこんできた。

『次週の美獣戦隊ナイトレンジャーは、〝さらば青葉北斗、ブルーナイト去る〟の巻』

すぐそこにポポロンをついばんでいる秀太がいなかったら、その場でへなへなと腰を抜かしてしまったかもしれない。

なぜ？

なぜカズマが？　どうしてブルーナイトが？　ピンクナイトのほうがよっぽど役立たずなのに。

理由はなんとなくわかった。視聴率がよくないのだ。まだ秀太が喜んで見ていた前回のシリーズもそうだった。五人の超人のうち、ルックスより演技力で選ばれたらしい二人が主婦層には不人気だったそうで、途中降番。より美形の男に替えられていた。ユウ君のお母さんに言わせると、「ホストクラブのチェンジみたいなもの」だそうだ。カズマの魅力を世間の他の女たちは、わかっていないのだ。

たぶん――。由美子の勘では、篁一真がテレビに登場することは、もうないような気がした。女の勘というより、由美子が好きになる男は他の女たちの審美眼とズレている場合が多いからだ。

中学時代、片思いの初恋をしたバレー部のキャプテンを、当時の由美子は、この世に二人といないハンサムだと思っていたのに、同級生たちが「はにわ」なんて呼んで笑っているのを知って驚いたものだ。高校生の時に初めてつきあった同級生も、クラスでのあだ名は「ガラモン」。考えてみれば職場結婚だった雅之だってそうだ。会社では「コグマ」と呼ばれていた。

この先たとえ他のテレビ番組で見かけることがあったとしても、それはブルーナイトのカズマじゃない。由美子はブルーナイトに変身する前の青葉北斗のすねた瞳や、長い足を折りたたんで隅っこにしゃがみこむ姿や、ぶっきらぼうな喋り方が好きなのだ。チンピラ役や二時間ドラマの刑事Cのカズマなら、いっそ見ないほうがましだ。

おむつを濡らしたのか、ベビーベッドで寝ていたまりもがむずかりはじめた。由美子は自分が泣きたい気分だった。

翌週の土曜日。由美子はいつもの休日より早く起き、手早く朝食の準備を終えて、午前八時の放送開始を待った。

幸いお義母さんは老人会の清掃ボランティアの当番日で、朝早く、高ぼうきを手に、日焼け予防のおそろしくつばの大きな帽子をかぶって出かけている。

「おばあちゃん、魔女みたいだね」秀太がにわとりみたいな目をして見送っていた。

おむつを替え、すでに離乳食を食べ終えたまりもは、ベビーベッドの柵をつかんで、だーだーと上機嫌な声をあげている。

雅之は休日でも朝早く目を覚ます隠居ジイサンみたいなタイプなのだが、昨夜、お酒を飲んで帰ってきたせいか、今朝はまだ布団《ふとん》の中だ。お別れのつらい日だったが、お膳立ては理想的だった。

いつもは姑の目が気になってあきらめていたビデオもセット済み。目玉焼きを箸《はし》でつついていた秀太が、由美子がそれぞれの皿に炒めたカリフラワーを盛りつけているのを見て顔をしかめた。

「げげ、恐怖の白ブロッコリー」

「食べなくちゃだめよ。栄養があるんだから」

「パパ、今日はお寝坊だね、ぼく、起こしてくる」

椅子から飛び下りた秀太をあわてて止めた。

「あ、いいの、いいの。パパはお疲れみたいだから。もう少し待ってましょう」そう言ってから、早口にならないように気をつけて言葉をつけ足した。「そうねぇ、八時半ぐらいまで、かな。それまでテレビを見てていいよ」

秀太が新聞のテレビ欄を眺めはじめた。いけない。休日の朝は子ども向けの番組が目白押しなんだっけ。秀太が漢字を読むのに手間取っているすきに、由美子はすばやくリモコンをすくいあげた。

『美獣戦隊ナイトレンジャー、このあとすぐ』

ちょうど番組開始前の予告が入ったところだった。

「へえー、知ってた、秀太? さらばブルーナイトの巻、だって。ふーん、そうなんだ」

ふーんというところで思わず声が震えてしまった。もう別れの覚悟はすっかりできているはずなのに。馬鹿な私。

「さばらってなぁに」

「さらば。さよならっていうこと。もう逢えないってことよ」

心を濡らす涙を隠して、秀太へ向ける顔に微笑《ほほえ》みを張りつけた。

「残念ねぇ、ブルーナイトが好きだった子は、さぞ悲しむでしょうに」

「ぼくは平気。ブルーナイトはあんまり好きじゃなかったから。ムーンライトフリットって、かっちょ悪いし」

秀太の皿にカリフラワーをてんこ盛りにしてやった。

コマーシャルが終わった。いよいよだ。

「美獣戦隊ナイトレンジャー」

タイトルが大写しになり、テーマソングが鳴り響く。

燃やせ燃やせ燃やせ　正義の炎～

そのとたんだった。でけでけでけ。階段を駆け下りてくる足音がした。由美子はおでこに手を押し当てた。オーマイガー。

来るぞ来るぞ来るぞ　悪の手先たち～

「おっはよ～」

リビングのドアが開いて、あくびのついでみたいな挨拶《あいさつ》とともに、雅之がもっそりと姿を現した。まりものほっぺたをつつき、同じことをしてもらいたがる秀太の頬《ほお》もつついてからソファに腰を落とす。結婚して以来、八年間で体重が十キロ増えた雅之は「コグマ」から「ヒグマ」になりつつある。ソファが悲鳴に似た軋《きし》みをあげた。

雅之の朝の行動パターンは休日も同じ。まず体操をし、茶をすすり、朝食はその後。どこで覚えてきたのか知らないが、どたばたとアドレナリンを体内に放出させるという柔軟体操を始めた。腰をかがめた瞬間に、ぷうと放屁する。ああ、カズマと同じ生き物とはとても思えない。

ふだん雅之は自分で勝手にお茶を淹《い》れるのだが、対面式キッチンの前をうろうろされてはたまらない。冒頭、素顔のままのレンジャーが登場するシーンを狙って由美子は湯呑みをダイニングに運んだ。

「お、すまん」

雅之がテレビの前で新聞を広げた。ちょっと、やめてよ。カズマ様が見えないじゃない。画面では珍しくカズマがアップになっているのだ。そして、いつになく長いせりふを喋っている。

『俺は、お前たちの仲間じゃない』

ブルーナイトは、悪役の暗黒妖魔と人間との間に生まれた子供らしい。背中にある黒い月のかたちのアザがその証拠——なんだか物凄《ものすご》い設定のようだった。

『もう、みんなと一緒にはいられないんだ』

そんなことない！　声に出して叫び返してあげたかった。

『こんなカタチで別れるなんて悲しいよ』

私も。シナリオの中の言葉というより、俳優篁一真の心の叫びに思えた。妖魔怪人ではなく、視聴率という魔物に打ち負かされて、テレビ画面から消えなくてはならないのだ。

『また独りぼっちになっちまうけど、慣れたもんさ』

私がここにいるよ。なぜか雅之も画面に引きこまれている。どうやらカズマの隣で、指を組み合わせて目をうるうるさせているピンクナイト役の椎名《しいな》るりが気に入ったらしい。

あ～あ、鼻の下をでれでれ伸ばして。情けないったらありゃしない。自分のことは棚に上げて由美子は呆《あき》れた。美少女隊員の出番が終わると、さっさと新聞に顔を戻して雅之が言う。

「しっかし、あれだな、最近のこういうのに出てくるヤツって、ぜんぜん個性がないな。みんな同じ顔に見えるぜ」

うるさいやつね。テレビを消さずに見ててくれるぶんだけ、お義母さんよりはましだけど。

「俺たちの頃のヒーロー戦隊物って、もっとキャラが立ってたよなぁ。頭だけはいい博士君みたいなやつとか、ほら、大食いで力自慢のデブで、コスチュームの腹が出っ張ってるようなのとか」

そういう役なら、あんたがお似合いよ。毎日出っ腹を見せられ、ウエストだぶだぶのパンツを洗濯している人妻は、三段腹の超人ヒーローなど見たくないのだ。

雅之がうだうだと喋っているうちに、カズマの登場シーンが終わってしまった。由美子は急須《きゅうす》をくるくる回しながら妄想した。カズマと雅之と三人でテーブルを囲んでいるシーンだ。場所はカジュアルなイタリアン・レストラン。

ドラマは雅之がカズマを紹介するところから始まる。

「これ、俺のいとこのカズマだ——東京の会社に就職が決まって、こっちで暮らすことになった。俺がロスに単身赴任している間、なにかと頼りになるはずだ」

いや、ちょっとこのシチュエーションにはムリがある。雅之の親族は若い人もふくめてあらかたが小太りか真性のでぶだ。第一、家電メーカーで埼玉地区の販売店担当営業をしている雅之には、ロスに単身赴任なんてありえない。やり直し。

「これ、俺の会社の後輩。カズマだ。俺が名古屋に長期出張してる間に、なにか困ったことがあったら相談しろ。若いが頼りになるヤツだから」

妄想の中の雅之はいまより少し細め。結婚した頃のソフトスーツをそれなりに着こなしている。なにしろ最後は夫のもとへ戻らなくてはならない悲しい恋なのだ。戻っていく先が、あんまり不細工でも困る。

「はじめ……まして」

何事もないかのように由美子は挨拶をするが、実はカズマとは初対面ではない。偶然出逢っているのだった。スーパーの帰り道に雨やどりのつもりで入った画廊で——実際にはスーパーの近くには漫画喫茶ぐらいしかないのだが——言葉を交わした青年であることに由美子はすぐ気づく。青年が高価な絵画よりも熱心に、ほつれ毛からしずくを滴《したた》らせる由美子の横顔を眺めていたことも覚えていた。カズマは由美子の目をとらえようとする。目をそらすと、テーブルの下で足を伸ばして由美子のくるぶしを撫《な》でてきた。戸惑いつつ驚嘆した。雅之だったらつま先にすら届くまい。でも、だめよ、こんなところで。しかしカズマは執拗《しつよう》で——

「……あ」

「なんか言ったか？」

妄想が消え、目の前にはパジャマのズボンに手を突っこんで尻《しり》を掻《か》いている現実の夫だけがいた。

「いえ、別に」

画面はコマーシャル。おまけつきのチョコレートの名前が連呼された後、この番組のスポンサーである玩具メーカーのＣＭに変わった。

『ナイトレンジャー巨獣ロボに、ホワイトタイガー、新登場！』

雅之が鼻を鳴らした。

「ほらほら、これだもん。番組とメーカーがタイアップしてんだよな。親に新しいオモチャを買わせようとしてさ。前のやつ、秀太に買わなくて正解だったよ」

たぶんカズマが操る巨獣ロボ「ブルーウルフ」の代わりに登場するのだろう。新しい美形の超人役とともに。なるほど、視聴率だけじゃなかったのだ。私とカズマは、もっと大きな世間の潮流に引き裂かれたわけね。

後半、いつものように超人たちが変身を始めると、ろくに見てはいなかった秀太が立ち上がり、同じポーズで叫んだ。

「ないとちぇ〜んじっ」

これだけはやめられないらしい。

「う〜だ、う〜だ」

ベビーベッドのまりもも興奮した声をあげている。

椅子の上で変身をすませると、気がすんだらしく、秀太が現実的な声を出した。

「ママ、お腹《なか》すいた」

いつの間にか秀太の皿のカリフラワーが雅之の皿に移動している。由美子は秀太の顔の前でひとさし指を振って、元に戻す。ちゃんと食べなさい。野菜嫌いのあなたのために、スイートキャロット風に味つけしたんだから。

漬物にもどばどばと醬油《しようゆ》をかけてしまう濃い味好きの雅之は、高血圧で塩分を控えているお義母さんと同じ薄味の味噌汁を飲みたがらないから、とりわけておいただし汁で新しくつくり直す。本人が気づかない程度に減塩味噌を使って。

もうすぐ素顔に戻るカズマと最後の対面をするために、いまのうちにご飯とお味噌汁をよそっておこう。そう考えたとたん、由美子以外でただ一人、熱心にテレビを眺めていたまりもが泣きだした。はしゃぎすぎて、ベビーベッドの柵に頭をぶつけたのだ。

「パパ、まりもをお願い！」

「悪い、ちょっとトイレ……もう漏れそう」

「あ、ぼくにだっこさせて。今日は落とさないから」

ええい、もう。ベッドからまりもをすくいあげた。専業主婦はけっしてラクじゃない。パートに出て、洗濯はクリーニングに任せ、冷凍食品で夕食をつくっているほうがよほどラクかも、と思う時がある。

毎日変わらないデジャ・ビュが続いているような雑事に追われているうちに、カズマはバイクに寝袋を積んで、最後までぶっきらぼうな、二本指だけの敬礼みたいな挨拶をして旅立ってしまった。アラスカへ帰るというのに、あんな薄着でだいじょうぶかしら。

由美子は小さくため息をつく。そして他のナイトレンジャーたちと一緒に、こっそりと呟《つぶや》いた。

さようなら、ブルーナイト。

小学校の保護者会が長引いたために、スーパーへ夕食の材料を買いに行くのがすっかり遅くなってしまった。まりもはお義母さんに見てもらおうと思っていたのだが、昨日から腰痛がひどいとこぼしていたのを思い出して、結局連れていくことにした。もうすぐ十カ月。九キロの負荷を背負って自転車をこぐのは結構たいへんなのだけれど。

「ぼくも、ぼくも。ぼくも行く」

プラス二十キロ。

今夜は手早くできる麻婆豆腐にしようと決めて、スーパーの精肉コーナーでひとつだけ残った夕方割引のパックを手にとろうとしたら、横から手が伸びてきた。

おっと。ひじでブロック。ナイト・エルボーアタック！　これで三十円のお得。横顔に敵意むき出しの視線が飛んできた。

はぁ。三十円引きのあい挽《び》き肉をカゴに放りこんで由美子は小さく息を吐く。以前はこんなことするタイプじゃなかったのに。

スーパーの二つの袋を自転車のハンドルの左右に吊るす。カゴにはトイレットペーパー。背中にまりも、後ろの座席には秀太を積んでぎこぎことこぎ出した。ハンドルを握りしめた手の甲に新しいシミを見つけて、またため息をつく。はあぁ。

いまの生活に不満があるわけじゃない。夫の雅之は毎朝の妙な体操や、ところかまわずおならをするところをのぞけば、そう悪いやつでもない。お義母さんは口うるさいが、ユウ君の家の、聞くたびに背筋が寒くなるドロドロの嫁姑戦争に比べれば、問題はないに等しい。不満さえ感じなくなってしまった生活そのものが不満だった。このまま何事もなく家事と子育てに追われて年をとっていくのが怖かった。

ふと目の前を見ると、見覚えのあるもしゃもしゃヘアの男の子が歩いている。背は普通だけど、すんなりと伸びやかな手足が目をひいた。年齢は二十歳《はたち》そこそこ。

思わず速度を上げて、通りすがりに顔をのぞきこんでしまった。カズマがこんなところを歩いているはずないじゃないの。我に返ったのは、もしゃもしゃヘアの持ち主が目鼻立ちももしゃもしゃであることに気づいた後だった。これじゃあまるで、追い越しざまに由美子の顔をのぞきこんでいく——最近はめっきり少なくなったけど——すけべオヤジと一緒だ。

ああ、カズマ。もう一度だけ逢いたい。私、このままじゃだめだ。


テレビは映らないが二階のリビングにはパソコンが置いてある。由美子は頬づえをつき、ネットのナイトレンジャー関連のサイトにアクセスし、どこかにカズマの新しい写真が載っていないかチェックしていた。新しい写真どころか、いちばん写りのいいショットが掲載されていた番組の公式ホームページからカズマが消えていた。はぁぁ。

「……世間って、なんて冷たいの」

世間でただ一人、カーペットでころころしているまりもだけが同意してくれた。

「あーむ」

なけなしの気力を振り絞って検索を続けているうちに、ビッグニュースが飛びこんできた。

『ゴールデンウィークは後楽園ゆうえんちへ！　ナイトレンジャー・ショー&サイン会　テレビでおなじみの俳優たちが生出演』

出演者の中に篁一真の名を発見した由美子は、思わずマウスに頬ずりしてしまった。行かなくちゃ。でも、その前には大きな難関が――

秀太の部屋からは、今日もピコピコ音が響いていた。ゲームは週三回、一時間だけの約束だが、もう二時間は続いている。そのことはオクビにも出さず、部屋の中に猫なで声を投げかけた。

「ねぇ、秀太」

「やよいなな」

「え、なに」

「第五の殺人のダイニングメッセージだよ」

「ママもよく知らないんだけど、それってダイイングメッセージって言うんじゃない？」

「そう、それ。なんだろう、やよいなな。女の人の名前かなぁ」

「出てくる人の中に三月七日生まれの人はいない？」

「……あ、いる。なんで知ってるの」

「うーん、なんとなく」

「いま第四の殺人のナゾがとけたんだ。やっぱり現場に落ちてたガラスのかけらは、メガネだったんだ。犯人はメガネをかけた誰かなの。おかしいと思ったよ。出てくる人がみんなメガネかけてるんだもん」

もうわかっているんだろうから、少年探偵はもったいつけないで早く推理を披露したほうがいいと思う。犠牲者がふえるだけだ。

「やよいなな……なんだろう。う－ん、むずかしいなぁ」

「ねぇねぇ、秀太」

「やよいなな……やよいなな」

「遊園地行きたくない？」

「うん、行くっ。どこどこ？　ディズニーシー？　ユーエスジェー？」

「後楽園ゆうえんち」

「……やよいなな」

「帰りにデニーズで甘口ビビンバ食べて帰ろうか。デザートはシュー・ア・ラ・モードよ」

「行くっ！」

よしよし、合体ロボ並みに操縦が簡単なところは、父親にそっくりだ。

五月のゴールデンウィークのさなかの、よく晴れた日曜日。由美子と秀太とまりもは後楽園ゆうえんちに来ていた。

雅之は連休の半分は休日出勤だから、何の問題もなかったのだが、連休中にお義母さんが家を空けるのは、老人会の日帰り温泉ツアーがある今日だけ。紫の髪に紫のヘアピースをつけ、厚化粧で出ていったお義母さんを、秀太がハトみたいな目で見送った。「おばあちゃん、暗黒妖魔みたいだね」

早めに来て正解だった。視聴率が悪いとはいっても、やはり生ナイトレンジャーは人気のようだ。開演一時間前に着いたのに、後楽園ゆうえんちスカイシアターの入場門前には、かなりの行列ができていた。

由美子たちと同じく母子だけの親子連れの比率が高い。母親のほうが浮かれているように見えるのは気のせいだろうか。お揃いのTシャツを着た、子どもを連れていない一団もいる。アイドルの追っかけ風だが、年齢は由美子とたいして変わらないように見えた。ああいうふうに自分の感情をストレートに表現できるヒトたちが羨《うらや》ましかった。私にはまねができない

——

一時間前から並んでいたのに、座席はステージからかなり離れた場所だった。秀太はゲーム機を手から離さず、ぶつぶつと一人で呟いている。

「きくけこ」

「なにそれ？」

「新しいダイイングメッセージ。むずかしいんだな、これが」

「出てくる人の中にカトリさんていう名前のヒトはいない？」

「あ、いる。なんで知ってるの」

「うーん、なんとなく」

「でもカトリさんは犯人じゃないよ。だって最初の犠牲者の奥さんなんだもの」

それならよけい怪しい。大人にはそういうこともあるのよ。いつかあなたにもわかる。

突然、かん高い歓声があがり、カメラやカメラ付き携帯のフラッシュが光りはじめた。舞台にナンバーワンホスト風の長身の男が現れたからだ。

「みんなぁ～　元気かぁぁ」

レッドナイトの蒲生賢人が声を張りあげる。子供たちより母親たちの返答の声のほうが大きかった。

「きゃあぁぁぁぁぁ」

十代のアイドル追っかけ少女たちに比べると音程が若干低いのは、いたしかたないところ。

背中のまりもも驚きの声をあげていた。

「あだ～」

隣で、きくけこ、きくけこと呟いていた秀太が、突然現れた生身のレッドナイトに、目を丸くしていた。考えてみれば、こういうところに連れてきたのは初めてだった。秀太が超人ヒーロー物に興味を示しはじめた頃には、もうまりもを妊娠していたからだ。

「僕らは今日も正義のために戦うぞ。見よ、選ばれし戦士の秘密のパワーを」

母親たちの歓声とフラッシュを浴びて、蒲生が決めポーズをとると、秀太が椅子からぴょこんと飛び下りて同じポーズをした。ほっぺが赤く染まっている。なんだかんだ言ってもまだまだ子ども。初めての生ナイトレンジャーに、すっかり心を奪われたようだ。

場内の大多数を占める蒲生ファンの歓声でよく聞こえなかったのだが、蒲生が何かせりふを口走った。と、舞台の左袖《そで》から、今度はピンクナイト役の椎名るりが、それはないだろうと言いたくなるフリルのミニスカート姿で現れる。場内からは母親たちの拍手と歓声があがるが、あきらかにおざなり。そのかわり、客席の最上階から雄叫《おたけ》びが轟いた。

「るっりちゃ〜ん」

そこでは若い男たち数人が立ち上がってペンライトを振っていた。ナイトレンジャー・ショーは、子どもと女と男、呉越同舟の熱気に満ち満ちていた。

「おや、あの音は」

蒲生賢人がレザーグローブをはめた手を耳に当てた。でろでろでろという怪しげなメロディが鳴り響き、右袖から暗黒妖魔の手先〝ダークライダー〟たちがわらわらと現れた。全員揃いの黒いライダースーツ。フルフェイスヘルメット風のマスク。手にした剣は、テレビのものよりさらに安っぽいのだが、秀太は由美子の手を求めて腕を伸ばしてきた。由美子は汗をかいた小さな手を、ぎゅっと握りしめてやった。

　由美子はしだいに不安になってきた。出演者のクレジットには、蒲生や椎名とともに確かにカズマの名前もあったはずなのだけれど。

　悪役たちは、ナイトレンジャーの二人に次々と倒されていくのだが、最後の一人になったダークライダーだけは手強《てごわ》く、蒲生のキックやパンチをするりとかわして応戦し、子どもたちの喝采を浴びている。

「……もしや、お前は」

　蒲生が動きを止め、大げさに驚いてみせると、その悪役はいきなり客席に向き直り、マスクをはぎとった。

「あっぱぷぅ」

　由美子は思わずまりもみたいな声を漏らしてしまった。マスクの中から現れたのはカズマだった。長めのワイルドヘアを、今日は後ろで小さくちょんまげにしている。きゃん、あれも素敵。首を振って前髪を払い、いつもの挑むような目で会場を眺めまわし、そして蒲生へくっと顔を向けた。惚れ惚《ほぼ》れするしぐさだった。

「俺はもうお前たちの仲間じゃない」

　ワイヤレスマイクを通して聞くカズマの声はテレビでの印象と少し違う。やっぱり来てよかった。マイクを通してだけど、初めて肉声が聞けたのだ。

「違う、俺たちは仲間だ！」

蒲生がカズマの前に立ちふさがる。お前はいいんだよ、黙っててよ。カズマ様の前に立たないで。どうやらステージでは、テレビで未消化のまま終わったカズマの出生の秘密をめぐるエピソードの続きが演じられるらしい。

由美子はカメラを構えた。バッグの中には三十六枚撮りフィルムを四本用意してあるのだが、ほとんどシャッターは切れなかった。ちゃんと肉眼でカズマを見たかったからだ。写真、撮りたい。でもフィルムよりこの目に焼きつけたい。ああ、どうしよう。

「秀太、カメラ、撮って！」

秀太が大喜びでカメラを受け取る。由美子の背中のまりもを写しはじめたから、あわてて取り返した。

舞台の上でどんなストーリーが展開しているのかはよくわからなかった。由美子の目はひたすらカズマ一人を追いかけ、耳はその声だけを聞いていたからだ。ああ、幸せ。もう思い残すことはない――

思い残すことはなかったはずなのに、ショーが終わると同時に、子どもの手を引いた母親たちがステージに殺到するのを見て、由美子の胸の消えない炎は、再び燃え上がってしまった。

そうだった、ショーの後にサイン会があるのだっけ。

「一列にお並びくださ〜い。サイン&握手会にご参加いただけるのは、写真集『素顔のナイトレンジャー』を買っていただいた方だけで〜す」

背中にＪＡＳという文字が入ったジャンパー姿のスタッフが声を張りあげる。長テーブルが運びこまれ、そこに積まれた写真集の前に「二千八百円」というプライスカードが掲げられると、人々の列は三分の二に減った。若い娘の追っかけとは違って、主婦はこのへんはシビアだ。由美子ですら並ぶ前に一瞬迷った。二千八百円と言えば、あい挽き肉二・三キロ分。夕方割引なら二・六キロ分だ。

テーブルの向こうにカズマと蒲生と椎名が立つと、三分の二に減った列に再び人が戻ってきた。三人は写真集を抱えた母子へ領収書に書き込みをするようにサインをし、商談成立、という感じで手を握り、差し出された花束やリボンに笑顔を返す。

プレゼントを渡されているのは、圧倒的に蒲生賢人だ。カズマ、かわいそう。由美子は何でもいいからカズマに差し出してあげたかった。といっても渡せるものは、まりもの替えおむつしかない。

「ママ、あれ、ほんものだよね。ほんもののナイトレンジャーだよね」

秀太が喉《のど》にポポロンがつまったような声を出す。由美子も十数メートルの距離に近づいたカズマに見とれながら声をつまらせた。

「……そう、本物よ」

カズマと一瞬だけ目を見交わし、手を触れ合って、それできっぱりお別れ。それを大切な思い出にして、明日からまたスーパーの夕方割引争奪と二種類の味噌汁づくりと、一日三度の洗濯の日々に戻るのだ。由美子は買ったばかりの写真集を片手で抱きしめ、カズマと握手する右手のマニキュアが剥《は》がれていないかどうか確かめた。

あと残り二十人という時、握っていた秀太の手がぷるぷる震えはじめ、下からか細い声がした。

「……ママ、おしっこ」

「え」ちょっと待ってよ。「我慢できないの?」

片手で股間を押さえた秀太がこくりとうなずく。

「どうしても?」

ごめんなさいをするように、もう一度うなずいた。

秀太の手をつかんでトイレへ走っていた時から悪い予感がしていた。そして、そういう予感にかぎってよく当たる。戻った時にはもう行列が消えていた。秀太が泣きそうな声を出す。

「……レッドナイトがいない」

ブルーナイトもだ。テーブルを片づけているスタッフジャンパーの男を呼びとめる。由美子の声も泣きそうになっていた。

「すいません、あのサイン会は?」

「もう終わりました」

「でも写真集買っちゃったし。なんとか……」

「申しわけないです、今日はもう」

頭の中が真っ白になったその時、ステージの上が騒がしくなった。

「入らないで、入らないでください」

舞台の袖の「関係者以外立ち入り禁止」というプラカードが下がったロープを何人かがくぐり抜けていた。揃いの赤いTシャツを着た蒲生賢人の親衛隊だ。

「やめてください、立ち入り禁止です！」

声をあげた女性スタッフが彼女たちを追いかけ、由美子の前のスタッフジャンパーもそれに続いた。気がつくと、まわりには誰もいなくなっていた。

「秀太、ナイトレンジャーに会いたい？」

秀太が両頬に赤い丸をつくってこくりとうなずく。

「よし、行こう」

由美子は秀太の手を引いてステージに駆け上がり、するりとロープをくぐり抜けた。背中のまりもがリンボーダンスのダンサーみたいな声をあげる。

「ほっほぉ〜」

ステージの裏側は、表舞台の華やかさとは大違いだった。くすんだ色の壁のあちこちに大道具が乱雑に立てかけられていて、湿っぽい天井には大蛇のようにダクトがうねっている。

狭い通路に親衛隊の口々に叫ぶ声が反響していた。

声をたよりに廊下を進み、階段を下りる。階段のすぐ下、『出演者控え室』という貼り紙がしてあるドアの前でスタッフと親衛隊四人が押し問答をしていた。

「だって、うちら、写真集もう持ってるんやもの。もう一冊買えっていうのん」

「だいたい何やの、握手一回だけで本を買わせるなんて、こんなん、ぼったくりやわ」

「サインもらうまで帰らへんで、わざわざ子どもを預けて大阪から来とるんやから。ええやん、会わせなさいよ」

「そやそや」

後ろで見ていた由美子も声を揃えた。

「そやそや」

親衛隊はみなヤンママ風だが、「ヤン」をつけるのはそろそろ苦しい年齢だった。応対していた男は彼女たちよりだいぶ年下で、ペンライトをナイフみたいに突きつけられると、とても自分にたちうちのできる相手ではないと悟ったのだろう。逃げるように部屋のドアを開けた。

「ちょ、ちょっと、ここでお待ちください。いま、本人たちに聞いてみますから」

男はなかなか戻ってこない。そのかわりにドアの向こうから声が聞こえてきた。由美子は思わず壁に耳を張りつけた。まりもの耳も張りついた。秀太も由美子のまねをした。

「やってられんわ、ええかげんにしいや、お前」と聞こえた。

それに答える声。何と言ったのかはわからない。小さく震えるような声だったからだ。最初はスタッフの男が怒られているのかと思っていたのだが、どうも様子が違う。

「なんで本気出すんや、こないなとこで」関西弁の声は怒りでうわずっていて、ガラスに爪を立てたみたいに耳ざわりだった。

「アホちゃうか、お前。わいの顔に傷がついたら、どないすんねん。わいは大切な時期なんやで！」

親衛隊が顔を見合わせた。一人が囁《ささや》き声を出す。

「まさか……賢人君？　……JASって大阪が本拠やもんね」

どうやら声の主は蒲生賢人らしい。となると、叱られているのは、立ち回りの相手だったカズマだ。

「土下座せぇ、土下座！」

漏れてくる罵声《ばせい》に秀太が怯《おび》えた声を出した。

「ドゲジャってなあに？」

「自分に逆らえないってわかってる人に恥をかかせて、いい気分になること。最低の人間がやらせることよ」

由美子の頭の中でナイトレンジャーのテーマソングが鳴り響いた。

燃やせ燃やせ燃やせ　正義の炎〜

あのナルシスト男め、ちょっと人気があると思って、のぼせあがっちゃって。私のカズマ様に土下座をさせるなんて。

「ママ、どこいくのっ」

秀太の声で我に返った。由美子は自分が親衛隊をかき分けて、控え室のドアのノブに手をかけていることに気づいた。さすがの親衛隊も目を丸くしている。私、何をしてるんだろう。頭の中は混乱していたが、体は止まらなかった。秀太の手をひいて、ドアを押し開けた。

いくぞいくぞいくぞ　夜を切り裂いて〜

部屋の中は汗臭かった。パイプ椅子が並び、何脚かの簡易テーブルの上には脱ぎ捨てられた服やペットボトルが散乱している。入ってすぐ正面でダークライダーの一人がマスクをとって煙草をふかしているのを見て、秀太が由美子のスカートをつかみ、背中に隠れた。

「ちょ、ちょ、ちょっと、困ります」

さっきのスタッフが由美子たちの前に立ちふさがった。思ったとおりだった。その肩ごしに、椅子にだらしなく体を預けた男が、正座させた相手を蹴り上げようとしているのが見えた。

ただし正座をしているのは蒲生のほうだった。じゃあ、椅子にふんぞり返っているあのもしゃもしゃ髪をちょんまげにした男は？

「え？」

頭も体も活動を停止し、由美子はその場に立ちつくしてしまった。カズマにそっくりの男が背中を向けたまま、困ります困りますと連呼しているスタッフを怒鳴りつけた。

「やかましいわ！　いまこのアホを説教しとるんや、静かにせんかい。お前も、ここへ来て土下座するか？」

ＪＡＳの練習生らしい若いスタッフが、その声にすくみ上がった。

秀太の手が震えていた。おしっこを我慢している時より激しく。由美子はその手を握り返して、わずかな勇気と声を絞り出した。

「あのぉ……」

ちょんまげがこちらに首をねじ曲げる。他人の空似であって欲しい、由美子のそんな願いはあっさり打ち砕かれた。振り向いたその顔は、やっぱり篁一真だった。

「あ？」

カズマは口を「あ」のかたちに開けたまま片方の眉を吊り上げた。

「おばはん、誰？」

頭で考えるより先に、言葉が唇からこぼれ出た。

「……何があったのか知りませんけど……子どもが……子どもが……聞いてるんですよ」

カズマが秀太に視線を走らせる。底意地悪く目を光らせて、由美子の言葉をおうむ返しにした。

「こ、ど、も、が聞いてる？　おお、ちょうどええ、じゃあチビ、聞かせたるわ。レッドナイトのお兄ちゃんはな、ＪＡＳじゃ俺の後輩なんや。バック転もろくにできんから、ずいぶん叩《しば》き倒したった。ほんまは使えんやっちゃ。どつくとすぐ泣きよる」

確かに蒲生の目は真っ赤で、膝《ひざ》の上で握った拳《こぶし》に、いまにも涙がこぼれ落ちそうだった。そうか、テレビに出るのが遅かっただけで、たぶん本当はカズマのほうが年上なんだ。二十一なんて嘘だったんだ。間近で見るカズマは二十そこそこにしては、目の下のくまがすさんで見えた。

「友だちにも言いふらしたりぃ。レッドナイトは泣き虫やってな」

カズマが唇を片はしだけ上げる。なまじ端整なだけに、それがひどく醜く見えた。後輩に追い抜かれた嫉妬と焦燥をむき出しにした歪《ゆが》んだ笑顔。その顔ひとつで、この若者がどういう人間かがわかった。来るんじゃなかった。こんなカズマは見たくなかった。

「あとなぁ、ピンクナイトのお姉ちゃんが、イエローナイトとつきおうとったの、知っとるか？　いまは番組のプロデューサーに乗り換えたそうやけど」

カズマが言うと、部屋の隅で煙草をふかしていた椎名るりが、鼻から煙を噴き出してそっぽを向いた。

秀太が顔を真っ赤にして唇を噛みしめている。このままじゃ、秀太がかわいそうだ。トラウマになってしまうかもしれない。正義を信じられない大人になってしまう。そして私だって――

私だって、このままじゃかわいそうだ。由美子はカズマに歩み寄った。

「ところでおばはん、用事は何？　俺のファン？　楽屋じゃサインはせえへん――」

用事はこれよ。由美子は薄笑いを張りつかせたカズマの頰を叩いた。思い切り叩いたつもりだったのだが、ぺちゃりという情けない音しかしなかった。

「……夢をこわさないでよ」

カズマが目を丸くしている。他人はしばき倒しても、自分は人に叩かれたことがないのかもしれない。

「人に夢を与える仕事でしょ……」秀太が見ている。涙がこぼれそうになるのを懸命にこらえた。「夢をこわさないで！」

蒲生が嗚咽《おえつ》しはじめた。それにつられたように背中でまりもが泣き出した。もう情けないったらありゃしない。

「あんたも、もっとしっかりしなさいよ、正義のヒーローなんでしょ！」

カズマがヒステリックに笑い、それから歯をむき出してスタッフを怒鳴りつけた。

「おい、こいつらを早く追い出せ！」

由美子は写真集を床に叩きつけた。言われるまでもなく、秀太の汗ばんだ手を握り、腰を振ってまりもを背負い直して部屋を出た。

後楽園ゆうえんちを出ると、緊張がいっきにとけたせいか、怒りすぎたせいか、急にお腹がすいてきた。由美子は控え室を出てからもずっとスカートを握りしめたままの秀太に声をかけた。

「さ、甘口ビビンバ、食べにいきましょ。今日はママもたくさん食べるよ。ダイエットなんてくそくらえだ」

秀太が由美子を見上げてくる。

「ママって、強いんだね」

「え？」

「だってブルーナイトをひっぱたいちゃうし、レッドナイトも叱っちゃうし」目の中で星がまたたいているようなまなざしだった。「すごいや」

まりもも声を揃える。「あーむ」

それほどでも、そう言いかけて秀太の目をのぞき返した。

「そうよ、本当はママは強いのよ、パパより」

「バァバより？」

「うん、おばあちゃんより」

おおっ。秀太が唇をドーナツのかたちにして叫ぶ。由美子はその口にそっとひとさし指を押し当てた。

「だけど、それは秘密のパワーなんだから、パパたちには、内緒よ」

寿し辰のいちばん長い日

東京大田区北蒲田にある寿司店「寿し辰」の主人、松崎辰五郎《まつざきたつごろう》は、いつにもまして不機嫌だった。

カウンターの向こうで不景気な面《つら》を並べた客たちを、酢の加減を確かめる時の顔で見下ろし、ふんと鼻を鳴らす。客たちには丸聞こえだが、なに、構うものか。どうせ今日の客も下魚《げざかな》。マグロで言えばビンナガ。松竹梅で言えば梅ばかり。

月末の木曜日。本来なら稼ぎ時なのだが、あい変わらず客といえば、貧乏ったらしくゲソを肴《さかな》にちびちびビールを飲んでいる常連客三人と、いましがた入ってきた一見《いちげん》の若い男女の二人連れだけだ。カウンター席の先、豪勢に檜《ひのき》の無垢でしつらえた二十畳敷の小上がりががらんと空《あ》いて、蛍光灯が無駄な光を投げ落としている。

辰五郎がつるりと剃り上げた蛸《たこ》入道頭をぼりぼりと掻き、ちっ、と舌を鳴らすと、店の奥、カウンターの右隅に、アワビの殻のフジツボのごとくへばりついていた常連客たちの背筋が伸びる。なにしろ普通にしていても鬼瓦がくしゃみをしたような面立《おもだ》ちで、アシカにダボシヤツを着せたふうの肉厚の体躯《たいく》だ。案外に短軀なのだが、高い足駄《げた》を履いてカウンター越しに見下ろされると、たいていの人間はたじろがずにはいられない。

「あい変わらず、いい仕事してるねぇ、親方は。ゲソの焼き方ひとつからして、違うものなぁ」

常連の一人、丸い鼻に丸眼鏡の、パーティーグッズの変装セットじみた顔立ちの男が、ゲソを口の端にくわえて辰五郎の顔色を窺《うかが》いながら言うと、あとの二人が、どっちが客だかわからない愛想笑いを浮かべて相槌を打つ。

「嬉しいね」嬉しさなど、どこを探してもない声で辰五郎は答えた。「そろそろ刺し身いこうか？　アワビのいいのが入ってるぜ」

「……いや、まだいい」

けっ。貧乏人め。辰五郎は心の中で毒づき、実際、口にも出しかけたが、その言葉を喉《のど》の辺りで押しとどめた。こんな貧乏人どもでも常連は常連。腹立たしいが、失うわけにはいかない。店を構えて五年、売り上げは芳しくなかった。開店以来、常に芳しくなかった。辰五郎の鼻の上に皺《しわ》が寄ったままであることに気づいて、別の一人がまた、ご機嫌伺いよろしく話しはじめた。

「やっぱり寿司はここだよ。この間、築地の角兵衛鮨に行ったんだけど、もう駄目だね、あそこも」

フクダ工務店とネームの入った作業着からネクタイを覗かせたその客は、浮気をなじる古女房のような辰五郎の上目遣いに気づいて、慌てて言葉を添える。

「いや、接待で連れてかれちゃってさ。そうでなきゃ行くものかい。俺は寿司は親方のところって決めてるからね。いやはや角兵衛も落ちたよ。穴子のツメなんぞ甘ったるすぎて、まるで喰えたものじゃない」

その言葉にいちばん年かさの、白髪にベレー帽を載せた老人が相槌を打った。

「きっと先代が亡くなったせいだねぇ。若い人は新鮮な魚を食べて育ってないから、味がわからないんだよ」

丸眼鏡も言う。

「やっぱり、あれだよ。マスコミに出すぎだ。角兵衛は、グルメガイドやら名店なんとかグランプリやら、そういう本に出てるだろ。この間もテレビに出てたよ。お笑いタレントがレポーターをやってる番組だ。ああなっちゃ、おしまいよ。この店みてえに、マスコミお断り、取材は断固拒否ってえ気構えがないと。ねぇ、親方」

辰五郎は「ううっ」と唸《うな》っただけだった。別に断固拒否をしているわけではない。マスコミに来てもらってもいっこうに構わない。いや、来て欲しいとさえ思っていた。向こうが来ないだけだ。いままで「寿し辰」が受けた取材といえば、区民報の子ども向け記事『小学生記者のおしごと探険』しかなかった。

なぜ、客が来ねぇ。なぜ、マスコミが来ねぇ。辰五郎は毎日のように自問し続けていた。銀座の老舗《しにせ》「寿司金」で修業を積むこと十余年。ハナ板として高級チェーン店を包丁ひとつで渡り歩くこと十余年。店持ちになって五年。都合三十五年は寿司を握っている。腕に覚えはあった。魚を見る目も確かだ。マグロを仕入れている魚正の親父にも、いつもそう言われる。そう言われて、いつも最高級の本マグロを買っている。

やっぱり俺は孤高の芸術家っつうやつなのだろうか。誰に喰わせるあてもない本マグロに包丁を入れながら辰五郎は思った。寿司金時代、常連だった洋画家の先生がよく言っていた。寿司職人も一流になると芸術家であると。芸術家は孤高、清廉、無欲恬淡《てんたん》。ほんのひと握りの人間にしか理解されないものであると。無欲のわりには、勘定は画商持ちで高いネタばかり喰っていたが。

客だけじゃねえ。嬶《かかあ》も俺の凄さをわかっちゃいない。今日も出がけに、店の売り上げのことで嫌味を言われた。ほかの店みたいに出前をやればいいのに、などとぬかしやがって。出前だと？　店には辰五郎の他には、下働きの健司《けんじ》しかいなかった。健司を出前に出したら、誰が客におしぼりや茶《あがり》を出すんだ。俺に出せってか。芸術家のこの俺に？　女房との会話を思い出して、辰五郎はますます不機嫌になる。保険外交員の女房の稼ぎがなかったら、この店がとっくに潰れていたに違いない事実にも腹が立った。

「やっぱりマスコミに出ると、客筋が悪くなるよ。ねぇ」

丸眼鏡がゲソをしゃぶりながらまだ講釈をたれていた。その「ねぇ」が自分に向けられた言葉であることに気づいて、辰五郎の心は、ようやくまな板の上に戻る。柳刃《やなぎば》包丁であわや指の皮一枚を削《そ》いでしまうところであった。

「寿司の味もわからねえやつらに来られたって迷惑だろ、ねぇ、親方。近頃、多いじゃないか、近海ものの本マグロと冷凍マグロの違いもわからねえトンチンカンがさ」

おめえもだよ、と言いかけて、辰五郎は、その「お」の字を唇の端にあやうくひっかけた。確かに開店からしばらくは、近海ものにこだわったが、近海本マグロなどおいそれと手に入るものじゃない。有名店に根こそぎかっさらわれてしまうから、しかたなしにこの頃は冷凍ものに変えている。近海だろうが遠洋だろうが、同じ海を泳いでいた魚だ。味などそう変わりゃしない。第一、隠し立てをしているわけでもないのに、仕入れが変わったのを、誰一人気づきもしねえ。

丸眼鏡はなおも「ねぇ」と言いつつ、意味ありげな視線をカウンターの中ほどに送っている。その視線の先には先刻入ってきた若い男女がいた。突き出しをつつきながら、顔をひっつけ合って囁《ささや》き交わすばかりで、いつまでも注文しようとしない。辰五郎は健司に声をかけ、二人連れのほうへ顎《あご》をしゃくった。注文をとれ、という合図だ。

「何にしましょう」

健司が歯を丸出しにした笑顔で二人連れに声をかける。暴走族あがりのくせに、ハンバーガー屋の店員みてえに愛想がいい。あれじゃあ、一流の寿司職人にはなれねえだろう、と辰五郎は思う。近頃の寿司屋は、皆、客にへらへらしすぎる。本当の職人は客に歯を見せちゃあ駄目だ。寿司のなんたるかを知らぬ、トンチンカンな客は叱りつけるぐらいの気位を持たねば。

寿司金の先代の親方がそうだった。常連客さえ怒鳴りつけたものだ。「このサンピン！ 魚に謝れ」が口癖だった。しかし、客は皆それを喜んでいた。まっとうな寿司屋はああでなくちゃあいけねえ。辰五郎はかたくなにそう信じ、自分もそうあろうとしていた。

二人連れは、ミル貝の細づくりを箸でこねまわし、ぐずぐずとガラスケースを眺め、らちもなく睦言《むつごと》めいた声で囁き続けている。辰五郎の腹の底からまたもや、煮立てた穴子のアクのように怒りが湧《わ》き上がってきた。ああいう手合いに見つめられただけで大切な寿司ネタが腐りそうな気がした。

「あの、彼女には中トロ、僕には……」

男がようやく健司を振り返る。その言葉を最後まで聞かず、健司のかわりに辰五郎が声を返した。

「中トロォオ」

語尾を意地悪くはね上げる。若い男の漫才師じみたツルの太い眼鏡の奥で、目玉が丸く見開く。瞳の中に脅えが走っていた。

「まいったね、いきなり中トロときたよ」

辰五郎は男の顔を見ず、常連たちに話しかけるふうにそう言い、猪首《いくび》の横腹をぺしりと叩く。常連客は、カウンター席をふたつ隔てた自分たちの場所が、別の高みにあるとでも言いたげな余裕の笑みを浮かべて、三人揃って頷《うなず》く。

男がへどもどして女に何か説明していた。自分はわかっているけれど、この娘《こ》が……と周りに弁解するように。女が甲走った声で男に文句を言う。えー何でよ。食べたいもの食べればいいじゃない、お店なんだから。

二人ともまだ二十歳《はたち》そこそこ。たぶん学生だろう。おおかた女に高いものを喰わせて、そのついでに女を喰おうって肚《はら》づもりでのこのこ入って来たに違いない。

辰五郎は学生が嫌いだった。親の金で遊び呆《ほう》けやがって。親の金でクルマやらマンションやら、贅沢《ぜいたく》しやがって。俺の寿司を喰おうなんて百年早い。俺が二十歳ぐらいの頃は、ほかの見習い二人と相部屋の六畳一間で、喰うもんは三食まかない飯だった。若いうちは苦労しなきゃだめだ。なにしろ若い時分さんざん苦労したこの俺だって、その後も、ずうっと苦労のしっぱなしなのだから。

若い男がガラスケースを答案用紙さながらに見つめ、明るさを装った声を出す。

「あの、じゃあ二人とも光りものでいいや。光りもので適当なの、何かないかな」

「テキトウォォオ」

辰五郎がまた棘《とげ》を含んだ声をあげると、男の顔がひきつった。

「あいにくだけど、お客さん。うちの店にゃテキトウオって魚は置いてないんだ。ナニカナイカなんてイカもねえよ。アオリイカとヤリイカはあるけどよ」

辰五郎は無口だが、しばしば駄ジャレを口にする。だが常連たちは誰も笑わない。辰五郎の駄ジャレが出るのは機嫌がいい時ではなく、むしろ不機嫌な時——常連たちはそう噂していた。実際には本人は単に笑わせようとして言っているのだが、誰も笑ってくれないので不機嫌になるだけなのであった。

「まあまあ」フクダ工務店が割って入り、やんわりと若い男を諫《いさ》める。「あんた、まだ若いんだからさ、お店に来たら口のきき方に気をつけなくちゃ、店の人に失礼だろ。ここの親方はさ、顔は怖いし口も悪いけど、性質はあれだから……」

若い男がふてくされた顔で言い直した。

「光りもので何かおすすめはありますか？」

辰五郎が答えた。

「ぜぇぇんぶ、おすすめ」

性質もそれほどいいとは言えない。

男はムッとした表情になったが、すぐに意を決したように言う。

「じゃあ、新子をください」

へっ。シンコ。新子はコハダの幼魚だ。仕込みに手がかかるから、そんじょそこらの寿司屋じゃ扱わない。どこで覚えて来たのか知らないが、いっぱしの口をきく。が、しょせん、寿司の「す」の字も知らない若造だ。

「ダンナ」辰五郎は若い男へ気味悪いほど丁寧に呼びかけた。「そこにカレンダーがあるだろ」

男が後ろを振り向く。

「いま何月かわかるかい。字は読めるよな、学生さんだもの」

男が戦慄《せんりつ》の表情を浮かべた瞬間に、辰五郎は冷たい声で言い放った。

「五月にゃ新子はねえよ。早くたって七月だ」

ベレー帽の老人が好々爺《こうこうや》然とした口調で言う。

「親方、勘弁しておやりよ。まだ知らないんだよ、寿司のこと。若いからさ。寿司喰いは年季だから。おにいさん、寿司屋ではね、白身とかね、味の淡泊なものから頼むのが定法《じょうほう》ってもんなんだ」

老人は若い二人にしわ深い笑顔を向け、教え諭《さと》す調子で言葉を続けた。

「若い人は面倒臭いと思うだろうが、そういう事をひとつずつ覚えてね、親方から叱られながらね、寿司の喰い方を知っていくんだ。あたしらも昔は寿司屋の親父さんに叱られに行くようなものだったよ。それが嬉しいんだな。学校だね。あたしぐらいの歳になってようやくだよ、寿司のなんたるかがわかってくるのは」

偉そうに。半入れ歯でイカもタコも噛めねえくせに。辰五郎は胸のうちで常連たちにも毒づいた。寿司金時代の常連さんが懐かしい。ここでしけた面《つら》を並べている中小企業の社長や商店主や年金暮らしの隠居なんぞとは、それこそ客の筋が違った。政治家、大蔵官僚、社会保険庁OB……みんなしかるべき紳士ばかりだった。最近、自分の腕がなまりがちなのは、客のせいだと辰五郎は考えていた。手応えのある客が欲しかった。一流の寿司職人を育てるのは、一流の客だ。長嶋茂雄と村山実の関係みてえなものだな。

若い男は泣きそうな顔になっているが、女の手前、帰るに帰れずにいた。もうひと言なにか言えば、尻尾をまいて逃げ出すに違いない。女は連れの男を小馬鹿にした顔で紫色の爪を齧《かじ》っている。男が屈辱を耐え忍びながら唇を震わせた。

「おまかせで……お願いします」

最初からそう言やあいいんだ。トウシロウなんだから。辰五郎は、ここでようやく気《き》っ風《ぷ》のいい声を出す。

「へい、お二人さん、おまかせね」

辰五郎におまかせすると、とんでもない事になるのを知っている常連客たちが揃って首をすくめた。辰五郎のおまかせは、自分の腕と仕入れたネタの質を、これでもかとばかりに、ひけらかすためにある。客のふところはお構いなし。しかも金はしっかりとる。常連たちも一度は洗礼を受けていた。彼らは今日のおまかせの勘定《おあいそ》が、いったいいくらになるのか、こっそり賭けを始めた。

その男が入って来たのは、午後八時の手前、二人連れに辰五郎入魂のアワビの丸蒸しが出され、少しは寿司の値段を知っているらしい若造の両目が冷凍マグロの目玉になっていた時だ。

辰五郎は目の隅で新しい客を値踏みした。長年客商売をやっていると、相手に気取《けど》られずに客ダネを読む術《すべ》が自然と身につく。一見の客だ。そして、ひと目で金にならない客だとわかった。こいつも梅だな。

まもなく六月だというのに、暑苦しい毛織のブレザーを着、ヨレヨレの白シャツの襟から玉のれんじみたループタイを吊るしている。寝癖がついたままに見えるボサボサの短髪。鼻の下にたわしヒゲを生やしていた。

男はのれんをくぐるにはうってつけの猫背で歩き、入ってすぐ、L字カウンターの短いほうの端に腰を落としかけてから、迷うふうに中腰になる。こちらの視線を避けた伏し目で店を見渡し、口の中で何か呟《つぶや》いてから、ようやく肩からさげた重そうなショルダーバッグを降ろした。

「お飲み物は？」

男は健司の問いに首を振り、湯呑みの茶をずるずる啜《すす》る。辰五郎は新しい客へ首をねじ曲げ、口を半開きにして睨《にら》みつけた。脅しているのではない。注文は何か、と問いかけているつもりであった。誇り高き職人、辰五郎は、自分から客に声をかけて注文をとることを好まない。辰五郎は男と目を合わせようと、首の角度をあれこれ入れ替えたが、落ち着きなく店内を見まわしている男とは、まるっきり視線が合わなかった。

「うぇぃぃ」

唸り声を出すと、ようやく目を合わせてきた。辰五郎は顎を突き出し、目玉を剝いて小首を傾《かし》げる。辰五郎が身を乗り出したぶんだけ、男がのけぞった。

「あの、何か?」男が激しくまばたきをする。

辰五郎は苛《いら》だちを隠さずに言った。「注文」

「あ、ああ」

男は白目を見せて天井を仰ぎ、何やらぶつぶつと唱え出した。早くしろぃ、気短な辰五郎がどやしつけようと思いはじめた頃に、ようやく声をあげる。

「たまご」

こいつは、梅以下だな。辰五郎は即座に断定した。いまだにこういう馬鹿がいる。ひと頃「職人の腕は玉子でわかる」などと言われていたものだから、通を気取って玉子焼きから注文してくるスットコドッコイがよくいたもんだ。しかし、いまどきの店の玉子焼きは、どこもかしこも自家製ではなく、市場で売っている出来合いの河岸玉《かしだま》だ。だからどこの店で注文しようが、味は似たようなもの。辰五郎も雇われ板の頃はしかたなしに河岸玉を出していた。そういう半可通《はんかつう》にかぎって、それも知らずに、ここの玉子はうまいだのまずいだのと言いやがる。

このスットコドッコイには見分けもつかないだろうが、もちろん寿し辰の玉子焼きは手づくりだ。卵は黄身が艶々光った茨城水海道産。芝エビのすり身と一緒に、すり鉢でとろとろになるまで練ってから、弱火でふわりと焼き上げる。ふっくらと柔らかく中までしっかり火を通した寿司金直伝のくらかけ厚焼き玉子。二つ折りのハの字型にしてシャリを包み、つけ台に二カン置く。

男はそれまでの鈍重ぶりからは想像もつかない素早さで玉子を摑み、嚙むというより呑みこむ勢いで、二つの玉子をたちまち嚥下した。まるで鵜飼《うかい》の鵜だ。

次はなんだと言うかわりに、辰五郎はまた顎を突き出し、目を剝く。だがうがいをするようにせわしなく頰《ほお》をふくらませ、茶で口の中をすすぐのに専念している男は、辰五郎のボディ・ランゲージにまったく気づかない。

「次は？」

辰五郎が苛だった声で聞くと、男はそこにあることに初めて気づいたというふうにガラスケースに見入り、それからまた天井を眺めはじめた。天井がどうかしたのか。つられて辰五郎も見上げたが、天井はいつもの天井であった。

こいつは放っておこう。そう考えてまな板に戻った瞬間、男の声がした。

「たまご」

なんなんだ、この野郎は？　辰五郎は当てつけがましく玉子を四カン握って男のつけ台に置き、皮肉たっぷりに言う。

「気に入ったかい。うめえだろ、うちの玉子は。なにしろ手間がかかってるからな。手ぇかけるわりには安いから、間尺に合わねえんだけどよ」

だが、辰五郎の言葉は、男の耳にまったく入っていない。様子が変だった。いつの間にか取り出した手帳を抱え、写生でも始めそうな眼差《まなざ》しで、目の前の玉子を凝視していた。時おり天井を見上げて呟き、ペンを走らせる。ようやく玉子を手に取ったと思うと、まず匂いを嗅《か》ぎ、ひと口だけ齧る。それから、牛が草を食《は》むように口の中でころがしはじめた。

そうか、わかったぞ。辰五郎の頭の中に電球が灯った。

こいつは同業者だ。俺の仕事を盗みに来やがったんだ。健司にだって教えていねえのに。

健司がこの店に来て三年になるが、巻物以外は握らせないし、教えてもいない。職人の仕事は教わるものではなく、盗むものだからだ。なんでもかんでも簡単に教えたら、すぐに独立だの転職だのと言い出すからだ。

「かあっ」男に近づき、痰《たん》を切る時の声をあげると、男はびくんと身を起こして拝むように手帳を閉じた。見上げてくる男の口が、案の定、また玉子の「た」の形になるのを見て、辰五郎は先に声を出す。

「お客さん、悪いね、玉子はもうネタ切れだ」

ネタ切れと言ったってガラスケースの中にどてんと塊《かたまり》が見えているのだが、男は素直に頷き、残念そうなため息をついてから言った。

「では、エビを」

「エビったって、いろいろあるんだよ、お客さん。甘エビ、クルマエビ、ボタンエビ、小エビ、中エビ、くすりエビってね」

辰五郎、会心の駄ジャレであった。しかし誰も笑わない。唐突に仏頂面のままで言うから、辰五郎の駄ジャレは当てこすりにしか聞こえないことに、本人は気づいていなかった。男はぽかんと口を開け、真顔で答える。

「じゃ、くすりエビ」

これには常連客たちがどっと笑った。辰五郎は悔しかった。

「そんなもの、ねえよ」

辰五郎の言葉に男の肩ががくりと落ちる。本当にそういうエビがあると期待していた表情だった。

「あの、では普通の茹でたやつ」

ははん。焼き技の後は「茹で」を盗もうってんだな。エビはオドリで出す甘エビなどより、茹でエビのほうが難しい。茹で方ひとつに職人の練達が出る。きちんと仕事をしないと味もそっけもない合成ゴムになってしまうのだ。

いくら喰おうが、喰っただけでは、その辺りの技術を盗めるはずもないが、念のために常の倍の量の山葵《さび》を載せて握った。思い切り泣くがいい。

辰五郎はおまかせのアカ貝を握りながら、男の様子を窺う。辛さに飛び上がるのを待った。しかし、男は飛び上がらない。頭がネタケースの下に沈んでいた。

今度は何をしてやがる？　そろりと近づき、鼻の下を猿のように伸ばして、カウンター越しに覗《のぞ》きこむ。

男は巻き尺でエビの先から尻尾までの長さを計っていた。例のごとく独り言を呟きながら天井を仰ぐ。その瞬間に猿の顔の辰五郎と目が合った。男はバツの悪そうな顔で、たわしヒゲの下から並びの悪い歯を覗かせて笑った。前歯が一本かけていた。

「おい、健司」

辰五郎は、カウンターの片側で常連客からビールを注《つ》いでもらってお愛想を言っている健司に、耳打ちをする。

「あの客の後ろに立って見張ってろ。あの野郎、俺の仕事を盗みに来やがった」

ビールで頬を赤らめた健司が言う。

「まさか。なんでうちに盗みに来るんすか。流行《はや》ってないって評判なのに」

そう言ってから健司は、しまったという顔をした。怒るより先に思わずそれもそうだと腕組みをしてしまった辰五郎も、しまったという顔をした。

考えてみたら、男はどこをとっても寿司職人には見えない。あんなやつが握ったら、手の中でたちまちネタが腐り出すだろう。

「ねえ親方、俺、なんだかね、あのお客さん、どっかで見たことあるような気がするんすよ」

男のほうを盗み見ながら、健司が声を落とす。男は涙を浮かべてサビ二倍増のエビを頬張っていた。

「どこで？　競艇場か？」

「いや……テレビっす」

「あん？」

「そうそう、きっとそうだ。あの人は、あれっすよ。あちこちの店を食べ歩いて、本を書いたりしてる……」健司が辰五郎の耳もとで囁いた。「グルメ評論家」

「おや、健ちゃんも気づいたかい」ベレー帽の老人が聞き耳を立てていた。歯が悪いくせに耳はやけにいい。ひそめた声で断言した。「あたしゃとっくに気づいていたよ。あの男はただ者じゃない」

「なんだとおぅ」

抑えていた辰五郎の声が、我知らず大きくなる。顔を強張《こわば》らせ、厚い頰の肉をひくつかせた。常連たちは、心中察するにあまりある、とばかりに顔をしかめ、三人揃って首を横に振る。辰五郎が怒っていると思ったのだ。実のところ辰五郎は悦《よろこ》びを懸命に嚙み殺していたのだが、それには誰も気づいていない。

「いいのかい、親方、追い出さなくて」

丸眼鏡がよけいな事を言う。辰五郎は頰を痙攣《けいれん》させたまま言った。

「しょうがねえやな、来ちまったもなぁ。どんな客でも、客は客だ。俺ぁ、客の分けへだてはできねえ性分だからな」

そうだったっけ。常連たちは皆、首をひねった。

「グルメだかスルメだか知らねえが、相手にとって不足はねえやな。叩き出す前に、ちょっくら、こっちの腕を見せつけてやらなくちゃよ。ま、見てろ。勝負してやるぜ」

辰五郎は男の前へ歩み寄り、つっけんどんな声を出した。

「次は、何でえ?」

他の人間には見えていないが、辰五郎は邪険な声を出しながら、顔に精いっぱいの愛想笑いを浮かべていた。しかし、残念ながらその顔は、獅子舞の獅子のようにしか見えない。男は椅子ごと後ずさりしながら言った。

「では……サバを」

やっぱりな。酢の仕事を見ようってんだ。

「ウイ、サバ、コマンタレブー」

嬉しくて思わず駄ジャレが出てしまった。寿司金時代に、外務省の偉いさんから教えてもらったシャレだ。常連客も健司も、辰五郎の機嫌がますますもって悪くなったと勘違いして、全員が眉をくらかけ厚焼き玉子の形にした。

寿し辰のサバは、黒酢でしめて一昼夜、頬をきゅっと鳴らすほどの酢加減になるまで寝かせる。いまの時期だとゴマサバしかないが、きりっと身が張った上物を仕入れてあった。辰五郎は指の関節をぼきりと鳴らして、指先に手酢をつける。もう、おまかせカップルなどほったらかしだ。

「あのぉ、これで終わりですか？」

若造が不服そうな声をかけてきたが、辰五郎がひと睨みすると、口をつぐんで首をすくめた。いちばん近い席にいた丸眼鏡が、二人に耳打ちをしてやっていた。マスコミがどうだこうだと非難していたくせに、眼鏡の中の目が興奮に充血している。マスコミが取材に来るような店の常連であることが誇らしくてたまらない、といった顔だ。店にいる全員が息を呑んでヒゲの男の一挙手一投足を見つめる。しかし、ぼんやり天井を見上げて生姜《がり》を嚙んでいる当人は、その視線に気づいていないように見えた。

男は健啖《けんたん》だった。

「ハマチを……」

「ハマチ、ハウマッチ、はいお待ち！」

「イクラを」

「イクラは、いくら？　なんってよ」

辰五郎は絶好調だった。太り肉《じし》の軀《からだ》を軽やかに動かしてまな板と男の間を行き来する。幸か不幸かスキップの仕方を知らなかったが、知っていたら、きっとスキップをしていただろう。

「トロとイカ」

「走れトロイカ」

トロは背びれ下の分かれ身を出した。本マグロ一本で一サクしかとれない絶品だ。

「ウニ」

「ウニは広いな、大きいな」

ウニは軍艦巻きから溢れ出るほど盛った。

と、なんと男は、ウニ巻きからウニだけすくいとり、トロの上に載せて喰いはじめた。辰五郎は思わず怒鳴りつけそうになったが、相手がグルメ評論家様であることを思い出して、への字の形にした唇を嚙みしめる。おまかせカップルの女が、ヒゲ男のマネを始めた。面倒だから二人にも同じものを出していたのだ。

「おいし〜い」

女がもずくに似た髪を振って叫ぶ。ひん曲げた唇の下に梅干しをつくりながら、辰五郎は言った。

「あったりめえだ。ネタがいいからよ。どうやって喰ったたって、旨いものは旨いんだよ」

「いままでのでいちばんおいし〜い」

辰五郎は女のもずく頭をひっぱたきたい衝動をこらえる。ウニのついた指先を舐めながら、ヒゲの男が言う。

「サンマ」

「サンマだぁぁあ」

辰五郎は今度こそ相手がどなた様かも忘れて、声を荒げてしまった。

サンマなど寿し辰のネタにはない。サンマは足が早いから、よほど活きがよくなければ、生で喰えたものではないのだ。ありゃあ、本来、水揚げ漁港近くの寿司屋が手すさびに握るもんだ。サンマなんぞ江戸前の寿司屋が握れるものか。第一、旬じゃない。いま時分、市場に出ているのは、去年獲れたぶんの冷凍ものだ。

辰五郎が咎《とが》め立てする視線を向け、無言で首を横に振ると、ヒゲ男も首を横に振った。

「そうか……サンマはないんだ」

残念至極というふうに何度も首を振る。あと一歩で合格だった受験生の成績を惜しむ調理師免許の試験官のように。

しまった。辰五郎は気づいた。この注文は、この客からの挑戦状なのだと。無理難題をふっかけて、それに俺が応えられるかどうかを試そうって寸法だろう。あれと同じだ。題名は忘れたが、テレビでやってる、和食や中華やフランス料理の料理人が、ハイカラな材料を与えられて何品《なんしな》かをこしらえ、腕を競う番組。いつか大トロを炙《あぶ》って食パンに挟んでいたのを見た時には、テレビに鉢巻きを投げつけたものだ。

「ちょっと待った、お客さん。サンマね」

辰五郎は小上がりの柱時計を見、健司を呼び寄せる。

「え、サンマって……どこで？」

「丸福がまだ開いてんだろう。急げ」

丸福は近所のスーパーマーケットだ。景気が悪いためか、最近は九時まで店を開けている。健司がサンマを手に入れに走る間に、辰五郎は手早くアワビを短冊造りにし、他の客たちに気取られないように、そっと男のつけ台に置いた。

男が驚いた様子で見返してくる。辰五郎は獅子の顔で囁きかけた。

「……サービス」

スーパー丸福の冷凍サンマをひと目見て、辰五郎は呻《うめ》いた。

駄目だ。やっぱり無理に決まっている。死んだ魚だから当然なのだが、目が死んでいる。サンマは目黒にかぎる、というのは何も落語のオチだけではない。活きのいいサンマの目は、吉永小百合の目のように黒々としているものだ。いま、まな板の上でへたっているサンマの目は眼病のように白濁していた。酢でしめれば何とかなるかもしれないが、もちろんそんな時間はない。

と、その時、辰五郎の頭の中で電球が灯った。三百ワットはあろうかという明るさであった。健司に手早く指図する。

「おう、これ焼け。炭火だぞ」

裏口から漂ってくる寿司屋らしからぬ香ばしい焼きサンマの匂いに、常連たちが訝《いぶか》しげな声をかけてくるが、辰五郎はうわの空だった。待ちくたびれた男が、帰ると言いだすのではないかと気を揉んでいたのだ。しかし、小鳩のように震える辰五郎の心をよそに、男はアワビに添えたワカメを齧りながら、のんびりと茶を啜っている。もう帰っても構わない若造カップルは、好奇心に瞳を輝かせて、いっこうに席を立とうとしない。

じゅわじゅわと音を立てて脂を焦がす塩焼きのサンマを開き、中腸《なかわた》を取って、寿しダネの幅に切る。手のひらが焼けそうに熱い切り身を掴み、仏壇返しで握って、シャリを包みこむ。仕上げにカボスを垂らした。三カンのうちの左端には尾をつけて出す。焼きサンマ寿司だ。

ひと口食べて、男が唸った。辰五郎は称賛の言葉を待ったが、男は唸っただけだった。ただただ無言で、目を細め、喉を鳴らして、見るからに旨そうに喰った。

「なぁ、親方、俺たちにもあれ、握ってくれないかね」

フクダ工務店が声をかけてくる。辰五郎は汗を拭い、安堵《あんど》のため息をつきながら言った。

「自分ちで喰いな」

またたく間に三カンをたいらげると、男は腹をさすり、それから満足げにげっぷをした。皆の視線が自分に集まっていることに気づいて、全員に愛想笑いを返す。それから急にそわそわと店の中を見まわしはじめた。

「電話は、ありませんか」

うちはピンク電話を置くような店じゃねえんだよ。常々、そう言ってはばからなかった辰五郎だが、今日の辰五郎は常の辰五郎とは違う。男と一緒に、電話はどこだというふうに店内へ首をめぐらせた。あるわけがない。

「あの、僕の携帯でよければ、使ってください」

若造が貢物を献上する手つきで携帯電話を差し出した。透明で中が透けて見えるデザインの最新機種だ。

「恐縮です」

ヒゲの男は丁寧に礼を言って受け取り、もどかしげにボタンを叩くと、性急な調子で喋り出した。

「あ、もしもし、私だ。吉田君？　例のガイドブックの1999年版、あれの印刷だけど、ストップしてもらえないかな。少し書き加えたいことができてね。うん、そう。差し替えたいんだ。うんうん」

線の細い気弱げな口吻《こうふん》は変わらないが、その話し方にはどことなく自信が漲《みなぎ》っていた。相手の返事など聞きもしないで、矢継ぎ早に命令を下しているかのようだ。全員の耳と上半身が男へ傾く。男は店の中の張り詰めた沈黙に気づいて、頭を掻きながら言った。

「あ、失礼。迷惑でしたね。外でかけてきます」

携帯電話を握りしめて、なおも話し続けながら男が店の外へ出ていく。引き戸を閉めると、ぼそぼそとくぐもり声が漏れてくるばかりで、何を話しているのかはわからなくなってしまった。

「親方の勝ちだね」フクダ工務店が、興奮冷めやらぬ声で言う。「早まらないほうがいいよ、親方。本に出るっていうのを、断ることはないと思うんだ。いいじゃないか、マスコミに出たって。有名になったって。親方なら大丈夫。その程度で腕を荒らすような男じゃないさね」

その言葉に丸眼鏡も黙って頷いた。老人が辰五郎にビール瓶を差し出してくる。

「さ、機嫌直して。これを寿し辰の新しい門出にしようよ」

機嫌はさっきからずっといいのだが、辰五郎は何も言わずにグラスを手にした。微《かす》かに手が震えていた。辰五郎がカウンターにこぼしてしまったビールを、おしぼりで拭きながら丸眼鏡が言う。

「でもよ、親方。マスコミに名が売れて有名になっても、俺たちのこと、忘れねえでくれよ」

「てやんでえ、何言ってやがる」

辰五郎は入道頭に巻いた豆絞りを取り、汗を拭うふりをして顔を覆う。そして声を出さずに思い切り笑った。心の中で呟く。忘れよう、こいつらの事は。

五分たったが、男は戻って来なかった。辰五郎はだんだん心配になってきた。ひょっとして差し替えとやらが出来ないとかで、揉めているのではなかろうか。

「おう」

健司に短く叫び、入り口の方向を顎でしゃくった。様子を見てこい、という合図だ。引き戸を開けて出ていった健司が、すぐに首をひねって戻ってくる。

「いないっすよ、親方」

「いねえ？」

健司の言葉に店内の誰もが首を傾げた。辰五郎もだ。いないはずがない。なぜなら、まだ勘定《おあいそ》もすんじゃあいないのだ。そこでようやく、辰五郎の脳裏に電球が灯った。灯った瞬間、ショートした。

あんぐりと口が開く。勘定！

「僕の携帯……」

若造が情けない声を出す。手帳はカウンターに置いたままだが、ショルダーバッグは消えていた。健司が手帳をすくいとる。システム手帳ではない。文房具屋で売っている合成皮革表紙の安物だ。

「親方、これ」

健司が手帳を開いて見せる。ページいっぱいに、小さなへのへのもへじが並んでいた。

「……喰い逃げっすね」

「グルメ評論家だぁと」

辰五郎が健司を睨みつけると、健司はベレー帽の老人に恨めしげな目を走らせた。老人は先刻のヒゲ男のように天井を眺めはじめた。

大田区大森東六丁目、「龍玉飯店」主人、児玉正則《こだままさのり》は緊張のために左手の中華鍋を震わせていた。緊張の原因は、厨房の真正面のテーブルに座っている客の存在だった。

カニ玉とエビチリソースを注文したその客は、ひと口食べては手帳にメモをとり、巻き尺でエビの大きさを計り、「写真を撮ってもいいか」などと声をかけてきて、ついさきほどまで、カメラで料理を撮影していたのだ。いまは、しゃれたデザインの携帯電話で、どこかと話をしている。１９９９年版の新しいガイドブックがどうしたこうしたという話だ。「隠れた中華の名店」という言葉も聴いた気がする。

児玉は確信した。ありゃあマスコミだ。しかし、マスコミが撮影に使い捨てカメラを使うとは意外だったな。男が突然声をかけてきた。

「コイのあんかけを」

「コイの……あんかけ？」

いまどき、そんなメニューを載せている店が何軒あるんだろう。児玉の困惑した表情に気づくと、男は残念そうに首を振った。

「そうか……コイはないんだ」

「い、いや、ち、ちょっとお待ちを。やります。やらせていただきます」

児玉の脳裏に、裏手の神社が浮かんだ。確か、あそこの池にでっかい錦鯉が何匹か……

「あの、すぐ戻りますんで、ちょっとだけ店を見ていてもらえませんか」

時刻は午後二時。店内の客はもう、この男しかいない。男はちょっと驚いた顔をしたが、すぐにたわしヒゲの下から乱杭歯《らんぐいば》を覗かせて、にこりと笑った。

「いいですとも」

前歯が一本かけていた。

スローライフ

野菜ときのこのスープのつくり方を私に教えてくれたのは、フィレンツェ郊外にあった私たちのビィラの隣人、ドライポプリづくりの達人にして料理の名手、クレポッタ夫人です。ズッキーニ、じゃがいも、かぶ、セロリ。きのこはちょっと贅沢にポルチーニ。イタリア人はポルチーニに目がありません。秋ともなれば日本人が松茸を待つようにそわそわ。

骨つきハムを加えれば、あとは順番に野菜を入れて煮込むだけ。ハーブもお忘れなく。いまは窓の外で教会のステンドグラスが夕日に染まりはじめた時刻ですから、トスカーナの空に星がまたたき出した頃が完成のめやすです。

野菜たちがいい音を立てはじめました。

ぐつぐつぐつぐつぐつぐつつつつつつつ。

ふいっと美也子《みやこ》は椅子の上で目を覚ました。つつつつと口から垂れたよだれをぬぐう。

ああ、いけない。いつの間にか時計の針が午前十一時をさしていた。今日中に「スローフード」に関するエッセイを仕上げなくちゃならないのに。

原稿用紙二十枚という約束だから、あと八枚。もともと文筆業が専門というわけではなく、買ったばかりのパソコンをひらがな入力にして指一本でぽこぽこ打つ身としては、かなりの枚数だ。昨日から徹夜で書いている。

トスカーナの空がビロード色になる頃には、じゃがいもも柔らかくなってきます。ここで主役のポルチーニのおでまし。さて、もうひといき煮込めば完成です。

ことことことこととととととととととと。

どこかでホロホロ鳥がけたたましく鳴いている。クレポッタ夫人がホロホロ鳥のパピョットをつくるためにしめているのかもしれない。

ここがトスカーナではなく東京の八王子の自宅で、聞こえている音が電話のベルであることに気づいた美也子は、椅子の上で飛び起きた。

——もしもし。湯村《ゆむら》美也子先生のお宅ですか。

聞いたこともない出版社からだった。先生などと呼ばれるのは恥ずかしかったが、ちょっと嬉しくもあり、鼻の穴をふくらませて答えてしまった。

「はい、そうです」

いちおう肩書は料理研究家ということになっているのだけれど、もともと美也子は、商社マンの夫の尚之《なおゆき》とともにイタリアで四年ほど暮らし、そこで覚えた料理をカルチャーセンターで教えていただけの兼業主婦だった。

数年前、料理教室の教え子のツテで、小さな出版社からレシピ本を一冊だけ出したのだが、それはまるで売れなかった。

当時は『簡単・お手軽レシピ』や『十五分クッキング』、『家族に内緒の手抜きグルメ』なんて題名やサブタイトルのついた料理の本が全盛だったからだ。

美也子の得意料理は、どれもこれも何時間も煮込んだり、焼いたり、こねたり、叩いたりするものばかり。しかもそんじょそこらのスーパーでは手に入らない食材やハーブやスパイスを使わないとうまくつくれない。料理教室でも「先生」といえば「先生」だったのだが、わざわざ教材用の輸入野菜を自腹で買って赤字になったり、和風料理の知識がまるでなくて年配の生徒にお説教をされるような「先生」だった。

風向きが変わったのは、半年ぐらい前から。世間で「スローライフ」や「スローフード」という言葉が流行《はや》り出してからだ。

美也子のまったく売れなかった本もなぜかいま頃になって脚光を浴び、再版され、そこそこ売れている。『スローなカンツォーネでゆっくり料理を』というタイトルが良かったのかもしれない。

聞いたことのない出版社の男は、聞いたことのない雑誌の名前をあげて言う。

――このたび私どもの雑誌で「スローフード・ダイエット」という特集を組むことになりま

して。湯村先生にもぜひコメントをと。おすすめのイタリアンのメニューがありましたら、いくつかご紹介いただけませんか。

電話取材だった。この頃たびたび受けるようになった。最初の頃は「何かご意見を――」なんて言われると、新手の電話セールスと勘違いして「間に合ってます」などと答えて切ってしまっていたのだけれど。

「その企画はちょっとおかしいんじゃないかしら。スローフードは確かに健康がキーワードのひとつですけれど、ダイエットを推奨するようなものではないんです。そもそもスローフードというのは、食べ物のメニューのことではなく、生き方そのもののことなのよ」美也子は男にそう言い返し、時代に便乗した安易な企画に対して少し怒ってみせ、こんこんと教え諭《さと》す自分を頭に思い描いたが、そういうことのできる性格なら、料理教室で年上の生徒さんから「茶せん切りも知らないのか」となじられてトイレに駆けこんで泣いたりはしない。

「……あのぉ、スローフードがダイエット向きかどうかは、なんと言いますか、意見が分かれるところかもしれないのですけれど……」

などとあいまいに喋《しゃべ》っているうちに、ぽんぽんと男の早口に乗せられて、プレーンハーブパスタから、野菜中心のメインディッシュ、砂糖を使わないデザートまで、あれこれ教えてしまった。イタリア料理は基本的にダイエットには向かないのだけれど。イタリアの四十歳以上のおばさんたちを見れば一目瞭然だ。

みんなスローライフやスローフードを勘違いしているんじゃないかしら。電話を切った美也子はぼんやりと考えた。ついこのあいだも「スローラーメンのレシピを考えてくれ」なんて依頼があった。言葉だけが一人歩きしている感じだ。だってスローフードについてみんなが意見を求めてくる美也子自身にだって、きちんとわかっていないぐらいなのだから。

じつをいうと美也子は自分の本が「スローフード本」として周囲にもてはやされるまで、スローフードという言葉を知らなかった。自分の本のタイトルだって、実際にスローなカンツォーネを聴きながら料理をするのが好きだったから、そういうふうにつけただけだ。

何も知らないというのも困るから、少しはスローフードについて勉強し、何冊か関連書も読んだ。四年間滞在したとはいえイタリア語は日常会話に不自由をしばしばするといった程度で、読むほうはさらに苦手だったのだが、イタリア語で書かれたスローフード協会の会報も取り寄せてみた。

スローフードが単なるメニューのことではなく、ゆっくり食べようという提案でもなく、人生哲学であり、文化の提案であるというのは本当だ。

美也子の付け焼き刃の知識によれば、スローフード運動は北イタリアの小さな町で始まった。ちゃんとスローフード協会という組織もあり、いまでは世界に何万人も会員がいる。

大地からの恵みを口へ運ぶ意味を考え、食を通じて人と人、人と社会、人と地球環境の関連性を考える――難解な話を理解するのはイカの皮を剝くのと同じぐらい苦手なのだが、美也子はその考え方に深く感じいった。協会の会員証はないけれど。昔から何をしても人よりのろく、考えることも行動もスローな美也子を肯定してくれ、励ましてくれるような気がしたのだ。

ああ、それなのに。こんな私に今日中にあと原稿用紙八枚分も文章を書けだなんて。ここまでの十二枚に二週間もかかっているのに。

美也子はため息をつき、あと八枚をとりあえず七枚にすべくパソコンの画面に向かった。時刻はまもなく正午。急がなくちゃ。今夜は午後七時半までに新宿へ行かなくてはならない。スローライフ評論家の野々宮昭雄《ののみやあきお》とかいう人との対談があるのだ。何年か前にはトレンド・ウォッチャーという肩書でテレビに出ていたこと以外、何をしている人かよく知らない。たぶん向こうだってそれは同じだ。何を話せばいいのだろう。写真も撮られるらしい。何を着て行こう。きちんと正装したほうがいいのかしら、それともカジュアルに——ああ、それどころじゃなかったんだっけ。

美也子は目をこすりながら再びひらがな入力のキーボードをひとさし指で叩きはじめた。眠かった。お腹も減っている。九枚しか仕上がっていなかった原稿を、いっきに十二枚に増やしたかわりに、昨夜から寝ていないうえに、夕飯も食べていない。口にしたのはおつかいものの栗蒸しようかんをひと切れだけだ。

野菜ときのこのスープと相性がいいのは、ハーブ入りのフォカッチャ。フォカッチャはイ

タリアの自家製パンで、塩を加えないのがトスカーナ流。小麦粉をよくこねこねこねこねこねねねねねねねね。

またクレポッタ家のホロホロ鳥が鳴きはじめた。美也子は仕事机にしているダイニングテーブルの上で、鎧戸《よろいど》みたいに重いまぶたを開けた。

体は目覚めたが頭はまだだった。トスカーナのビィラの玄関を開けたつもりで泳ぐように歩き、夢の中でクレポッタ家へ続く石段を下り、納屋の木戸を開け、クレポッタ夫人が押さえつけているホロホロ鳥の首をつかんだ。

——もしもし。

ホロホロ鳥のくちばしから日本語が飛び出してくる。

——もしもし、湯村さんのお宅ですよね。

声を聞いているうちに少しずつ頭も目覚め、電話の相手が誰であるかもわかってきた。テレビ局の人だ。明日の午後、取材に来る予定になっている。そう、明日もゆっくりしてはいられないのだ。美也子にとっては初めてのテレビ出演だから、それなりに張り切っていて、午前中は美容院を予約してある。美容院の先生はクレポッタ夫人の叔母のジョバンナさんのようによく喋る人なのだけれど、明日はブローしてもらっている間に寝かせてもらおう。ジョバンナときたら、本当におしゃべり。口を閉じているのは何か食べている時か、イタリア煙草をくわえている時だけ。

寝ぼけた美也子の魂はまだ半分トスカーナをさまよっていたが、相手の次の言葉で、いっぺんに八王子の自宅のリビングルームに戻った。

――いまから出ますので、少し遅れるかもしれません。

いまから？　どういうこと？

「……もしもし、あのぉ、取材は明日では……」

早口で喋るのが苦手だから、美也子が切迫した口調であることに相手は気づきもしない。

――ははは、ご冗談を。今日です。今日の三時です。

電話機のすぐ上に貼ってあるスケジュール欄付きのカレンダーを見た。ああ、ほんとだ。確かに今日。金曜の欄に美也子自身の筆跡でメモしてある。ヨーロッパのカレンダーはたいてい日曜がいちばん右に来るから、まる一日勘違いしていたのだ。イタリアにいたのは夫の任期の間の四年だけだが、美也子にはその後の日本での十年以上の暮らしより長かった気がする。

どうしましょ。今日中に原稿をあと八枚弱。七時半に対談。そのうえ三時からテレビ局の取材だなんて。心も体も「忙しい」という事態に対応するのが苦手な美也子はしばし現実逃避してしまった。

ああ、アレッシア・クレポッタがいてくれたら。アレッシアと二人で料理をすると、美也子一人の時より三倍以上早く仕上がるのだ。

カルロ――クレポッタ家の長男だ――のフィアットのピックアップトラックと跳ね馬のような荒々しいドライビングテクニックなら、渋滞していたって中央高速をものの数十分で駆け抜けられるのに。

ホロホロ鳥の首をしめるように受話器を絞りあげているうちに電話が切れた。

さぁ、たいへん。

電話を切った美也子がまず最初にしたのは、下唇をつまんでぱちんと弾《はじ》くことだった。動転した時の、気を落ち着かせるためのおまじないだ。いつもあまり効果はないのだけれど。

八王子駅前のコーヒーショップで打ち合わせをした時、テレビ局の人から出た依頼は、できるだけ手のこんだ煮込み料理か、パスタのソースをつくって欲しいというものだった。

「スローライフ」を考える二時間のスペシャル番組で、その中に「スローフード」に関する三十分ほどのコーナーを設け、スローフードを実践する人々の意見を聞き、生活ぶりや実際のメニューを披露してもらうのだという。

「スローフードが料理や食事に時間をかければいいというものではないことはわかっています。しかし、じっくり時間をかけた手のこんだメニューでなければ視聴者が納得しないのです。それには湯村さんが適任かと――」

プロデューサーという肩書の名刺を差し出してきた感じのいい紳士は、さっきの雑誌社の男よりずっとスローフードについて造詣《ぞうけい》が深いようだったし、美也子のこともよく理解してくれていた。

美也子が手作りでパスタをつくることも、有機栽培でハーブを育てていることも知っていて、ぜひそれも取材したいと言ってきた。

美也子のハーブガーデンはちょっとしたものだった。庭のほとんどを使って、数十種類のハーブを育てている。

イタリアの田舎町から帰国した当初、東京の住環境の悪さと地価の高さに辟易《へきえき》した湯村夫婦は、都心から離れたこの八王子に庭つきの一戸建てを構えることにした。

勤務先がフィレンツェから東池袋になった尚之は、半年もたたないうちに遠距離通勤に文句を言いはじめたが、美也子はほくほくだった。ハーブを育てるのはイタリアへ行く前から好きで、マンションのベランダでプランター栽培をしていた。隣に高層ビルが建ったとたんに全滅してしまったのだけれど。

えーと、まず、材料を揃えなくちゃ。思わず口に出してそうつぶやいた瞬間、プロデューサーさんがこんなことを言っていたのを思い出した。

「カメラの前では、あれこれこちらの注文にお応えいただきながらつくっていただくことになります。それではベストの料理はできないでしょう。あらかじめ完成品を用意していただければ、ありがたいのですが」

ど、ど、ど、どうしましょう。

下唇を弾く。ぱちん。ぱちん。

メニューはあらかじめ決めてある。じっくり煮込み、しかも手作りパスタとハーブを使う料理――あれこれ思案した末に、豚の煮込みソースのガルガネッリにしようと考えていた。ガルガネッリはペンネによく似た管状のショートパスタだ。餃子の皮みたいな生地をあきれるほどたくさんつくって、くるくる巻かなくてはならない。しかもひとつひとつにしましま模様をつけて。おそろしく手間がかかる。

生まれながらにスローライフな美也子も、以前、十一人が集まるパーティーで、一人でこれをつくった時には、頭の中までくるくるしましまになってしまったものだ。あれなら、くるくるだけで、しましまは間に合うだろうか。ふつうのペンネにしようか。あれなら、くるくるだけで、しましまは要らないから。

淡泊な豚肉は赤ではなく白ワインとハーブで煮込む。これはだいじょうぶ。美也子はお酒が飲めないが、夫の尚之はワイン愛好家で、自室にワインセラーボックスを持っている。もともとあそこから一本借りるつもりだった。

使うハーブはタイムとイタリアンパセリとローリエ。

もちろんこれはオーケー。ハーブガーデンのタイムとイタリアンパセリはちょうどフレッシュで使える時期だし、ローリエは瓶に売るほど保存してある。

アンチョビーの缶詰、オーケー、タマネギ、オーケー。手製のトマトソースのストックはたっぷり。ニンニクはキッチンの窓ぎわのネットにドラキュラ避《よ》けみたいに吊るしてあった。

あ。思わず「あ」に濁点をつけたような声をあげてしまった。

肝心の豚肉がない。今夜、新宿へ行くついでに、いきつけの食材屋さんでとびきりの黒豚の肩ロースを仕入れるつもりだったのだ。

どうしましょう。レシピを替える？　アンチョビーとキャベツのパスタ？　ちょっとチープかも。第一、ガルガネッリやペンネには合わない。トマトソースと唐がらしのアラビアータ？　でも、これだとその辺のパスタ屋さんにもありそうだし。ああ、どうしましょ。

その時、背後で、ビィラの裏手のトカチーノ家が飼っていた鵞鳥《がちょう》みたいな声が聞こえた。

「チャオ〜」

娘の玲乃《れの》だった。イタリアにいた時に生まれた一人娘だ。だからもう高校一年生。十五歳だ。

幼い頃の語学教育というのはあてにならない。三歳半の時には日本語よりイタリア語のほうが上手だったのに、もうすっかり忘れていて、玲乃がいま話せるのは、何かというとイタリア時代の話をしたがる美也子を小馬鹿にしたような「チャオ」。

「おなか空いたよ、マンマ、なんかない？」

それとこの「マンマ」ぐらい。髪の色はイタリア娘にもめったにいない金髪。

「冷蔵庫にローズマリーのフォカッチャが入ってるから、バジルペーストかセージバターをつけて食べてよ」

ローズマリーのフォカッチャはずいぶん前につくったものだ。カビてなければいいけど。

「嫌《や》。ハーブ系はやだよ。庭と同じ匂いがすんだもん」

「じゃ、自分で勝手に何かつくって。ママはいま忙しいの」

「え、いいの!?」

玲乃は目を輝かせて、キッチンの隅の収納棚をあさりはじめた。

「そういえば、今日は、学校ずいぶん早いのね」

「あ、うん、えーと、三年の進路相談保護者会があったから」

「ああ、そうだったの」

先々週も同じ言葉を聞いた気がする。ずいぶん保護者会の多い学校だこと。

玲乃がお湯を沸かしはじめた。玲乃のつくれる料理は二つしかない。トーストとカップ麺だ。料理のプロのはしくれとして、昔から美也子は家にカップ麺や冷凍食品の類《たぐい》を置いたことがなかった。玲乃に与えるお菓子もほとんどが手作りだった。でも、忙しさがピークに達した先々月、ついに禁を破ってしまった。なにしろ日本の本社勤務になってからの尚之ときたら「忙しい、疲れた」と繰り返すばかりで、お皿ひとつ洗ってはくれないのだ。

それはパンドラの箱だった。美也子は玲乃に言った。

「わたしにもつくって。シーフード麺ね。カレー味のほう」

意外においしいのだ。特にシーフードカレー味と屋台風マヨネーズ焼きそば。焼きそばはバジルかイタリアンパセリを散らすと、さらにおいしくなる。

「ねぇ、玲乃、頼みがあるのよ。豚肉を買ってきて欲しいの。マーケットアライで……ううん、駅ビルの地下のほうがいいかな」

あそこなら最高級ではないものの、鹿児島産の黒豚が手に入る。

「や。遠いもん」

「お願い。三時にテレビの取材が来るの。あと二時間半しかない」

その言葉を聞いたとたん、玲乃が美也子にはマスカラが濃すぎに思えるまつ毛をしばたたかせた。もっと校則の厳しい学校に行かせればよかった。

「わおっ、テレビっ！　どこどこ？　フジ？　日テレ？」

美也子が違う局の名前をあげると、有名タレントが出演をしぶるみたいな顔をした。

「なぁんだ、あそこか。まぁいいや、もちろん生放送じゃないよね。みんなに見て見てってメールしとこ」

「いいよ、そんなことしなくて。ママ、照れちゃう」

「何着よっかなぁ」

「そう何を着るかなの……って、あなたも一緒に出るつもり？」

「うん、出たい出たい出たい。みんなに自慢できるもん」

娘なのだからテレビ局の人も文句は言わないとは思うけれど──

「かまわないけど、そのかわりへそピーはやめなさい。へそピーをしてたらだめ。出してあげない」

テレビのプロデューサーのように偉そうに言ってしまった。

「え〜、へそピーなしでおへそ出すのって、なんだか、かっちょ悪いなぁ」

「おへそを出すのもだめ」

ふたを開けるのが早すぎたシーフードカップ麺はまだアルデンテだった。

「というわけで、お願いね、豚肉。肩ロース。鹿児島産黒豚って書いてあるやつ」

玲乃が鶩鳥みたいに唇をとがらせた。

「いいじゃん、豚なんかなくたって。マンマがいつも冷蔵庫に入れてる生ハムでじゅうぶんだよ。だってテレビに出るなら、服考えたり、メイクし直したりしたいもん」

それはこっちだって同じよ、と言いたいのをこらえて辛抱強く言った。美也子は辛抱強さにだけは少々自信がある。

「じゃあ、電動自転車使わせてあげるから」

電動は危ないから玲乃には使わせていない。なにしろアシスト電動式ではなく、時速三十キロ以上出る本格的なタイプなのだ。

「わおっ、乗ってもいいの」

「二回つくることになるから、ちょっと多目に。八百……いえ、一キロ買ってきて」

玲乃が左手をさし出してくる。駅ビルの食品売場だったら、黒豚もそれほど高くはないはずだ。五千円札をその手に載せた。

お札をキティちゃんのお財布にしまいこんだ玲乃が今度は右手を出してくる。

「何？　ママ、手相占いはだめよ。タロット専門って知ってるでしょ。あらあら、あなたの頭脳線が長いのはわたしに似たのね」

「違うよ、バイト代。特急料金でね」

時は金なり。しかたなくもう一枚五千円札を握らせた。

バタバタと鵞鳥のはばたきに似た音を立てて坂道を下りていく玲乃を見送りながら、美也子は首をかしげた。

あれ？　あの電動自転車ってもしかして免許がいるタイプだったんじゃなかったっけ。かしげた首をすぐに戻す。それどころじゃない。美也子はハーブガーデンへ急いだ。

美也子の自慢のハーブガーデンは、木製のエッジングキットで六メートル×四メートルほどの長方形に土地を囲み、その中に三角や円形にそれぞれのハーブを植え込んで、ヨーロッパ庭園風に幾何学模様を描かせている。本当はもっと大きく、そして正方形にしたかったのだけれど、八王子とはいえ敷地の事情がそれを許してはくれない。

手入れをしやすくするために、一、二年草は手前に、宿根草は中央へ。なおかつ草丈や花の色にも配慮して、見た目にも美しくなるように工夫していた。

初夏のいまは、花期を迎えるものが多く、葉もみずみずしい。ハーブガーデンがいちばん美しい季節だ。

しばし美也子は、あと二時間あまりで豚の煮込みソースのガルガネッリを完成させる必要があることも、七時間後には何を話せばいいのかわからない初対面の人と対談しなくてはならない憂鬱《ゆううつ》も忘れて、ハーブガーデンの手入れ用につくった小人の通路みたいな小径《こみち》を歩く。今日中にあと七枚と十数行の原稿を書かねばならないことなどは、完全に頭の隅からも飛んでいた。らん・らんらら・らんらんらん。

まずイタリアンパセリを摘む。まだちょっと葉が若いけれど、イタリアンパセリはやっぱりドライや冷凍物でなくフレッシュでなければ。

花期前だから香りが強い。美也子はイタリアンパセリの細い茎を手折《たお》り、収穫用の籐かごに入れた。一茎、二茎、三茎……。

げ。

四茎目で気づいた。葉の裏にびっしりとごまが張りついている。そのごま粒はもぞもぞ蠢《うごめ》いていた。アブラ虫！

美也子はしめられようとするホロホロ鳥の叫びをあげ、アップルミントの上をひと飛びで越えて殺虫スプレーを取りに走り、ローズマリーをまたぎ越して戻って、半ば錯乱状態であたり一面に殺虫剤をまき散らした。

有機栽培と言ってはいるが、無農薬というわけじゃない。花は好きだが虫は大嫌いだ。アブラ虫にほぼ全面的に侵略されていたイタリアンパセリの中から比較的被害の少ないものを選び、スプレー缶の底でおそるおそる蠢くごま粒たちをこそげ落とした。

タイムの前にかがみこんだ美也子に、さらなる災厄が待っていた。可憐な葉がお大福みたいに粉を吹いている。

ああ、いけない。うどんこ病だ。よく見ると手前に植えたポットマリーゴールドの葉はほぼすべてが真っ白。そう、ポットマリーゴールドはうどんこ病になりやすいのだ。

黄金色の花をつけたマリーゴールドが急にうとましく思えて一本残らず抜いてしまいたい衝動にかられたが、もちろん実行には移さなかった。ポットマリーゴールドは、小さな花が多いハーブの中では、華やかな花を咲かせる数少ない種なのだ。

ああ、私としたことが。最近、ハーブガーデンの手入れを怠っていたからだ。ちゃんと手入れをしていれば、こんなことにはならなかったのに。

タイムへの被害はまだ少ないようだったが、念のためにポットマリーゴールドからいちばん遠い側のものを摘む。白いうどんこ菌があたりに舞い散った。

大好きなハーブガーデンが急に害虫や病原菌がひしめく魔の巣窟《そうくつ》に思えてきた。思わずうなじに手をやる。虫が這いずっているような感触がしたからだ。だが、それはえり足から伝い下りる冷や汗だった。美也子は服の裾をぱたぱたと払い、そそくさとハーブガーデンから飛び出した。

駅からここまで電動自転車なら往復三十分ほどなのだけれど、玲乃はなかなか帰ってこない。豚肉の煮込みはよく煮込んだほうがおいしいに決まっているけれど、味は画面に映らないだろう。とりあえずパスタづくりに力を入れることにする。

くるくるの後のしましまは面倒なのだが、意を決してガルガネッリをつくることにした。レースラベンダーの花みたいなかたちのガルガネッリのほうが、ただのマカロニに間違えられてしまうかもしれないペンネより見栄えがいいからだ。

さぁ、急がなくちゃ。そうつぶやいて美也子はゆっくりと腕まくりをし、唇を指で弾いた。ぱちん。ぱちん。

クレポッタ夫人は南部出身だったから、デュラム小麦の粗挽《あらび》き粉と水だけが材料のパスタしかつくらなかったが、今回はガルガネッリだ。北イタリア風に卵入りにする。

強力粉でもんじゃ焼きみたいに真ん中をくぼませた土手をつくって、その中に卵を割り入れる。

よく混ぜ、ひたすらこねる。かなり力がいる。イタリアの田舎のおばさんたちの腕が太いのは、しょっちゅうこれをやっているからじゃないだろうか。

練った生地を今度はめん棒で伸ばして薄くする。パスタマシーンは邪道なんて意地を張らずに買っておけばよかった。いまは知らないけれど美也子がいた十何年か前には、イタリアのどこの家のキッチンにもパスタマシーンなんかはなく、クレポッタ夫人はめん棒すら持っておらず、ワインの瓶で生地を伸ばしていた。

薄くした生地を大きめの切手ぐらいのサイズに切り、これをひとつずつ細い棒に巻きつける。くるくるくるくる。

ただ巻くだけじゃだめなのだ。これを均等な縞模様がつく凹凸のある板の上でやり、ひとつひとつにしましまをつけなくてはならない。

美也子はいつも素焼きのプランターのかけらを使うことにしている。均一に縞模様をつくるのは難しい。くるくるをよけいに面倒臭くする。

くるくるしましま。

くるくるしましま。

陽気なイタリア人――まるで冬は寒い、カラスは黒いと同じように日本人は決まりごとみたいにそう言うけれど、一人で黙りこんでいる時のイタリアのおばさんたちは――あのおしゃべりのジョバンナですら――怖いぐらい不機嫌そうな顔をしている。食事の前後はワインが最大の関心事のイタリア男たちは、日本人が思っているほど家事なんか手伝わないから、自分ばっかりこんなことをさせられていることに、いつも腹を立てているのかもしれない。

オリーブオイルをひいた鍋にニンニクを入れ、アンチョビーとタマネギを加えて炒める。

いい色になってきた。あと一、二分でいいだろう。いちばん大事な時に電話が鳴った。

──もしもし月刊「スローライフ」ですが。

二十枚の原稿を依頼してきた雑誌社の人だった。

──いかがです。進行状況は？

「あ、あと少しです」タマネギが焦げちゃう。「一、二分で」

──おう、それはそれは。

「あ、ごめんなさい、それはタマネギの話。えーと、あと五、六枚でしょうか」

ちょっとだけ嘘をついてしまった。それでも相手は怒るだろうと思っていたのだが、意外にも、電話の向こうからは安堵《あんど》の声が聞こえてきた。

「それはそれは、じゃあもう、ほんの一息ですね」

「……たぶん」

何度か原稿の依頼を受けるようになってわかったのだが、いわゆる文筆業の人たちが文章を書くペースというのは、美也子に比べてとんでもなく速いようだ。「わたしは一日一枚がベストなんですけれど」なんて本当のことを言ったら、打ち合わせの席のテーブルを蹴り倒されるかもしれない。

ちょっと炒め過ぎになってしまったタマネギに顔をしかめていると、ようやく玲乃が帰ってきた。

「遅いじゃない」

「ねえ、見て見て」

玲乃がダークブルーのペンシルストライプのチューブトップを胸にあてて見せてくる。

「テレビって実際よりデブに映るっていうじゃない。白っぽい服とか横縞はだめなんだって。だから、ほら、新しいの買っちゃった」

その長さじゃ、やっぱりおへそが出ちゃうでしょうに――などと言ってる暇はなかった。時刻はもう二時半。とはいえ、ここまでのペースは、美也子のガルガネッリ料理づくりにしては異例の速さだった。自己記録更新は間違いない。

急いで豚肉を切り、塩こしょうをしてフライパンに入れ、強火で焼く。

「あ、玲乃、パパのワインセラーから一本、とってきて。白ね。白ならなんでもいいから」

ばたばたばた。新しいチューブトップを手に入れた玲乃はやけに素直に二階へあがったが、いっこうに戻ってこない。戻ってきた時には、もう服を着替えていた。

ワインオープナーでコルクを抜いてから、それが尚之がいちばん大切にしているヴェルナッチャなんとかかんとかジミニャーノとかいう高いワインであることに気づいた。しまった。でも、まぁいいや。ラベルをきれいに剝がして、あとでいちばん安いワインに張りつけておけば。どうせ味なんてわかってないに決まってるんだから。

約束の三時を四十五分も過ぎてテレビ局の人たちがやってきた。全部で五人。思っていたより少ない。頭の中で受け答えを想像していたレポーターもいなかった。

みんなジーパンとTシャツ、美容院に行けなかった髪を小さなひまわりのかたちのバレッタで留め、薄黄色のサマードレスに着替えた自分が間抜けに見えるほどのラフな格好だ。重そうなビデオカメラをかついだ髭面《ひげづら》の男など短パンで、イタリア男顔負けの濃いすね毛をさらけ出している。

この間のプロデューサーはおらず、その隣で小さくなっていた、確かディレクターという役職のまだ若い長髪の男の人が、ラフな外見に似合わないそつのなさで、水のみ鳥人形みたいに何度も頭を下げた。

「すいません、道が混んでまして。前の取材先が葉山だったものですから」

葉山？　誰だろう。

スローフードのメニューを紹介する人間が自分だけではないとは聞かされていたが、他の顔ぶれは知らない。よかった。一瞬だけレシピが頭をかすめた魚介類のパスタなんてつくったら恥をかくところだった。

「庭、先にやっちゃおうか。光線がいいうちに」

大きなカメラを抱えた髭の男が、配線工事に来たような口ぶりでディレクターに言う。伝言ゲームみたいに若いディレクターが美也子に言った。

「では、まずハーブ畑のほうを……」

「あ、ハーブガーデンですね、わかりました」

美也子は先に庭へ出て、ころがったままだった殺虫剤のスプレー缶を軒下へ蹴り飛ばした。

カメラマンはハーブガーデンを見渡し、おざなりに全景を撮ると、すぐさま派手な花が咲いているラベンダーやマリーゴールドにレンズを向けた。

確かに見映《みば》えはいいけど、あの手のハーブはお花屋さんでも一鉢二百円ぐらいで売られている。美也子としては苦労して育てた繊細で栽培が難しいフランス種タラゴンや、日本ではまだ珍しいスイートマジョラムなんかを撮って欲しいのだけれど。

もちろんカメラの人はそんなこと知らないのだろう。ポットマリーゴールドをアップで撮りはじめた。ああ、あんまり近寄らないで。うどんこ病がばれちゃう。

大きな銀板を持った助手を怒鳴りながらカメラマンがずかずかと美也子のハーブガーデンに入っていく。

サフランの球根を植えつけたばかりの地面が踏みつけられ、チコリのまだ小さな苗がなぎ倒されるのを、美也子はムンクの『叫び』の表情で見守った。

ディレクターが美也子に声をかけてきた。

「では、まず、湯村さんがハーブを摘むシーンを撮りましょう。自家製のハーブについて何かひとこと、ふたこと、コメントをください」

美也子がスイートマジョラムの前へ行こうとすると、カメラマンが叫んだ。

「ああ、こっち、こっちがいい」

カモミールの前を指定してくる。散りかけだけれど、これにも花がついているからだ。カモミールはハーブティーぐらいにしか使いみちがないし、第一、左隣にはイタリアンパセリが――

イタリアンパセリを隠すようにかがみこむポーズをとったら、ディレクターが両手の指をフレームの形にして声をかけてきた。

「すいません、もう少し右へ寄ってもらえませんか」

カメラがぐぐっと近づいてくる。ああ、そこは、だめ。アブラ虫が映っちゃう。

「いえ、もう少し。もうちょっと右へ――」

いつの間にか玲乃が庭に出てきていた。いつもは昼間でもヤブ蚊がいるから嫌だと言って、水撒《みずま》きの手伝いもしてくれないくせに、観葉植物用の小さなじょうろで、長いまつ毛をぱちぱちしながら水やりをしている。お気に入りのヒールの高いミュールを履いているから、土に足をとられていまにもころびそうだ。

大きな毛虫みたいなマイクが美也子の頭上に迫ってきた。

「では、コメント、お願いします」

「えー、ハーブの魅力は育てる楽しみ、眺める楽しみがあり、しかもそれをお料理や生活の香りに使えるということでしょうか」

美也子にしてはすらすらと言葉が出るのは、もちろんハーブについて聞かれた時の言葉をあれこれ考え、何度も予習したからだ。

「ひと口にハーブといっても、種を蒔く時期、植えつけの時期、そして収穫に適した時期がそれぞれ違います。また一年草、二年草、多年草と——」

「はい、オーケーです」

「え？」これからが本題なのに。

「今度は料理のほうを」

「今日のお料理には、タイムを使ったんですけど。あれは撮さなくていいんですか？」

タイムはイタリア料理にはかかせないハーブのひとつだ。美也子が指をさした先の、もう花が終わってただの雑草にしか見えないタイムを見て、ディレクターが首を横に振る。

「いえ、もう畑はじゅうぶん撮らせていただきましたから」そう言って腕時計に目を走らせた。「実はこのあと、もう一軒、お邪魔することになっていまして、あまり時間がないんです」

三十分ほどのコーナーの中にいったい何人の料理研究家が出てくるのだろう。美也子は二時間半かけてガルガネッリをつくった自分の出番がいったい何分ぐらいになるのか、と考えてしまった。

ディレクターは早足で美也子より先に家の中へ戻っていった。

本当に時間がなさそうだった。テレビ局の人たちは美也子以上に忙しそうで、そして疲れているように見えた。

ディレクターの目は睡眠不足丸出し。まぶたが腫れて、白目が赤くなっている。そういえばカメラマンもその助手も。モップみたいなマイクを担いだ人は足もとがふらついていたし、ディレクターのアシスタントらしい女の子は、玲乃の分を半分わけてあげたいぐらいひどく顔色が悪い。

確かに聞かされていた放送日までそれほど日数はない。スローライフなんていう慣れない話の企画をまかされて苦労しているのかもしれない。それともテレビ局の人はいつもこうなのだろうか。

キッチンにはすっかり準備を整えておいた。

鍋には豚肉の煮込み。あとは茹でるだけのガルガネッリ。要望どおり、材料は半分取り分けて残してあり、いつでも手打ちパスタを実演してみせることができる。

「意外にシンプルなキッチンですね」

ディレクターが腕組みをすると、顔色が悪く化粧気のない女の子が部屋を出ていった。

美也子のキッチンはもともと一般家庭用だったものを少し拡張してあるだけだ。手作りパスタをつくるには作業テーブルはちょっと小さいし、冷蔵庫も本当はもう一台欲しいところだった。

大きな鞄を下げて戻ってきた女の子が、中から小道具を取り出してキッチンに並べはじめた。

季節の花を挿した花瓶。野草っぽい花を選んだのだろうけれど、なんだか仏花みたいで嫌だった。

じゃがいもやにんじん、アーティチョーク、ズッキーニ、カラーピーマンを飾った籠。彩りをよくするためか、なぜか葡萄《ぶどう》やリンゴまで詰めこまれている。いまの日本ならこの時期にすべてが揃っていて不思議はないのだろうけれど、旬がめちゃくちゃだ。

そのうえ調味料の瓶まで勝手に並べはじめた。美也子だって料理研究家のはしくれ。使ってもいない調味料の瓶を並べられては、沽券《こけん》にかかわる。

「やめてください。キッチンは料理を研究する人間の聖域なのよ――」美也子はそう叫んだ。心の中で。それをちゃんと言葉にして、どなりつけられるぐらいなら、カルチャーセンターの意地の悪い生徒に「のろま」と陰口を叩かれてトイレに駆けこんだりはしないだろうし、人種差別主義者のトカチーノ爺《じい》さんにいきなりトリュフ探し用の豚をけしかけられて、オリーブの木の下で泣いたりもしなかったろう。

現実の美也子はショックで言葉も出ず、「いいすか、こんなもんで」顔色の悪い娘がディレクターにそう言っているのを、ぼんやりと聞いているだけだった。

玲乃がいつの間にか美也子の背後に現れ、鍋のふたに触れて「あ、熱っ」なんていつもより一オクターブ高い声を出して、耳たぶに指をあてていたが、ディレクターに「すいません、そこ、どいていただけませんか」と言われていた。

カメラの前でさっきと同じことをして見せる。小麦粉と卵を混ぜ、よく練り――

「はい、オッケーですっ」

え？

「……でもよく練らないと、小さく切った時にひび割れができちゃうから――」

美也子がそう言うと、少しは料理に詳しいらしい顔面蒼白娘が、巻いたガルガネッリのいくつかを平らに戻し、せっかくつけたしましままで指でつぶして消してしまった。

「これでお願いします」

は？　確かに、いきなりガルガネッリの小分けした生地が出現した。

美也子はそれを数時間前と同じように細い棒でくるくると巻き、プランターのかけらでしましまをつけた。

ロシア人の捕虜になると、一日中穴を掘らされ、その翌日に今度は同じ穴を埋めるように命令される。最悪の拷問だ――クレポッタ氏がロシア戦線で戦った父親から聞いたという話を美也子は思い出した。

くるくるしましま。

くるくるしましま。

「はい、カット！　オーケーですっ」

しましまはさっきより美しくなくて、なんだか悲しかった。

美也子が豚の煮込みソースをつくる準備をはじめると、とんとんと爪先で床を叩いていたディレクターがまた時計を眺めはじめた。アシスタントの女の子に、美也子には見せてくれない台本か進行表かなにからしい薄い本を丸めてくるくるさせている。美也子だって知っているマスコミの人たちのサイン。急げって言っているのだ。

「あ、私もお手伝いを」

女の子が勝手にニンニクやタマネギを刻みはじめる。かなり雑な切り方だった。

まだ生煮えのタマネギに焼き色の足りない豚肉を加え、白ワインとトマトソースを加えた。できるかぎりの速さでやっているつもりの美也子の作業をいらだった様子で見ていたディレクターが、突然声をあげた。

「あ、すいません、そこにこれを——」

さっきからラベルを表向きにして置いてあったブイヨンの瓶を差し出してくる。

「あ、これはね、ブイヨン、いらないんです。だってアンチョビーと豚肉の味だけでじゅうぶんに——」

美也子はふふふと笑ってみせたが、ディレクターに睡眠不足の血走った目で睨《にら》まれてしまった。

「お願いしますよ。これを使って欲しくて、湯村さんには煮込み料理を指定したんですから」

「でもこれ、チキンベースでしょ。豚肉料理の場合は——」

「そこをなんとか。番組のスポンサーの商品なんです。なんでしたらケチャップもありますけど」

「ケチャップ!」自家製のトマトソースを使っているのに。「とんでもない!」

カメラマンがふてくされてカメラを床に下ろしてしまった。

「どうか、そこのところを、ひとつ。昨日お邪魔した××さんもオーケーしてくださいました」

ディレクターは美也子よりはるかに名前が知れていて、テレビにもよく出てくる売れっ子の料理研究家の名前をあげて、こずるそうな笑いを浮かべた。お前なんて使わなくても番組は成立するんだ、ってその顔には書いてあった。

「いい加減にしてください! もう帰って」

美也子は叫んだ。もちろん心の中だけで。

「あなたにスローフードやスローライフを語る資格なんかない!」

毎朝、犬を散歩させるように豚を連れて森へ白トリュフを探しに出かけ、とれようがとれまいが昼には帰ってきて、質素な昼食を三時間もかけて食べ、あとはバールに入りびたるか、庭の籐椅子で昼寝をするだけのトカチーノ爺さんに、自分自身がそう言われている気がした。

テレビ局の人たちが、残したゴミを片づけもせずにどたばたとキッチンを出ていった時には、もう六時をすぎていた。

美也子もどたばたと二階のクロゼットへ向かう。

イタリア料理店で食事。イタリアにいた時はイタリア料理の店ばかりだったから気にもならなかったが、日本に帰ってきてからは、何を着ていけばいいのか、いつも迷う。

クロゼットといったって尚之と兼用で、それほどたくさん服があるわけじゃない。何着かの外出着をベッドの上に放り出し、五分ほど――美也子にしては例のない速さ――で着ていく服を決めた。髪はどうしようもない。とりあえずひまわりのバレッタを別のものにして――

普段は化粧に手をかけないほうだが、今日は念入りにファウンデーションを塗る。目の下に睡眠不足のくまが浮き出ていたからだ。

ようやく支度を整え、もう普段着のTシャツとハーフパンツに着替えてソファで寝ころんでいる玲乃に言った。

「お留守番、お願いね。夕飯は、あの豚の煮込みのガルガネッリを食べて」

「え〜、あれぇ〜。あの人たち、鍋の中に変なスプレーかけてなかった？　あたしはいい。黙ってればパパが食べるよ」

「じゃあ、自分でつくって」

「わおっ。じゃあ、味噌ラーメンの名店シリーズにしようっと」

「あ、それからパパに言っておいて欲しいの」

「何？」

「食べる時は、お皿の上にラップを敷いてって」

リビングを出ようとしたとたん、電話が鳴った。出ようか出まいか迷ったのだが、結局受話器を取った。

——もしもし、今夜の件ですが。

取るんじゃなかった。今日の対談を企画した地方紙の記者からだった。タクシーに乗ったら道が混んでいて——なんて言いわけをしようと思っていたのに。

「すいません、すいません、いま出ます。ごめんなさい。もしかしたら少しお待たせしてしまうことになるかも……」

美也子がおそば屋さんの出前みたいな言いわけをすると、なぜか向こうも謝罪の言葉を口にした。

――あの、たいへん申しわけないのですが……

は？

――急で恐縮なのですけど、今日の対談は、キャンセルさせていただけませんか？

「え、なぜ？」

――じつは、ついいましがた連絡がありまして、スローライフ評論家の野々宮さんが倒れられたそうなんです。過労で。

「あ、そう」

美也子もその場でソファに倒れこんだ。

長福寺のメリークリスマス

毎年、年の瀬が近づいたことを、覚念《かくねん》は朝、庫裏《くり》から本堂へ向かう渡り廊下で知る。磨き上げた杉板を踏みしめる素足のしんしんとした冷たさ。寒気に立ちのぼる息の白さ。朝の勤行《ごんぎょう》を始める午前五時には境内《けいだい》はまだ闇の中で、凍空《いてぞら》に星が瞬き、この時刻に曙光《しょこう》が届く季節に比べ、より厳粛な心持ちになる。

長福寺の住職となって五年。田舎寺とはいえ、三百五十余年の歴史を持つ古刹《こさつ》を預かる責務に、改めて身の引き締まる思いがする時節だった。

本堂にもいつにも増して霊妙の気が張りつめている。灯明《とうみょう》をともし、香を焚き、本尊の前に座ろうとした覚念は片眉《かたまゆ》を吊り上げた。

座布団が置いてある。昨夜のうちに絵里奈《えりな》が置いたものだろう。必要ないと言っているのに、九歳年上の夫をなにかにつけて年寄り扱いするのには少々閉口している。

座布団というよりクッションか。見かけによらずマメな絵里奈が手作りしたもののようだ。緑の地に赤色のリボンの刺繍が入っている。ところどころに銀のビーズでかたどられているのは鈴だろうか。

座布団の脇には靴下とひざ掛けが置かれていた。靴下も爪先と踵《かかと》が赤、あとは緑色の派手な色合い。毛糸のひざ掛けは手編みだった。

冬とはいえ勤行の際に使うわけにはいかないが、その心根がいじらしかった。寺の大黒《だいこく》にふさわしい女ではない――絵里奈を嫁にもらう時、周囲にはずいぶん反対されたが、ようやく女房らしくなってきたようだ。覚念は頬《ほお》を緩ませ、ひざ掛けを両手で広げる。濃紺の毛糸の中で雪だるまが笑っていた。雪だるまの上には金糸で横文字が縫いこまれていた。

『Ｍｅｒｒｙ Ｃｈｒｉｓｔｍａｓ』

覚念が朝食のフランスパンにマーマレードを塗っていると、おさるのもんきちのよだれ掛けを巻いたうてなが、膝《ひざ》の上に乗ってきた。

うてなは三歳になるひとり娘だ。覚念の親指を小さな五本の指で握ってくる。乳歯が生え揃ったばかりのうてなの皿に載っているのは、普通の食パン。覚念のフランスパンをおねだりしているのだ。

柔らかい部分をちぎって口に入れてやると、赤らんだ頬をリスのようにもこもこ動かしはじめた。腿《もも》の上の柔らかな尻がほんわり温かい。覚念、至福の時であった。

うてながこくんとパンを呑《の》みこみ、絵里奈似の大きな瞳で見上げてくる。

「パパ」

「なんだね」

「なんで、うちは、クリスマスしないの？」

「え？」

思わず問い返した覚念に、うてなは同じ言葉を繰り返す。

「なんで、クリスマスしないの？」

舌がまだ子どもだから、クリスマスの二つの「ス」が「チュ」に聞こえる。覚念は胸にマーマレードより甘酸っぱいものがこみ上げてくるのを抑えることができなかった。

マグカップにカフェ・オ・レを注《そそ》いでいた絵里奈も覚念の顔を覗《のぞ》きこんできた。

「そうだよ、カクちゃん。今年はクリスマス・パーティーしようよ」

「無理を言うな。私の職業を考えてみなさい」

「カクちゃんの職業？　スキンヘッドの自営業」

「罰当《ばちあ》たりなことを」

「いいじゃん。やろうよぉ。やりたい」

絵里奈が腰を左右に揺すると、もしゃもしゃパーマを束ねた髪もふるふる揺れた。語尾の「い」が長く伸び、音程があがるのは、知り合った頃と少しも変わらない。

絵里奈と最初に会ったのは、まだ覚念が隣町の正照寺にいた頃。彼の師、慈海のもとで修行をしている時だ。若い檀家衆《だんか》にカラオケスナックへ強引に誘われ、そこで当時短大生だった絵里奈がアルバイトをしていたのだ。

数日後、一人でこっそり店を再訪した覚念は、絵里奈から携帯の番号を記したメモを渡された。その翌日、覚念は生まれて初めて携帯電話を購入した。

「ストリート系のシブいお兄さんだとばっかし思ってたんだよ。おお、スキンヘッド、かっちょいい～って。だってお坊さんだなんてひとことも言ってなかったじゃん」いまだに絵里奈はそう言って口を尖《とが》らせるが、酔いにまかせて王様ゲームにも参加してしまった覚念が、いまさら僧侶だなどと明かすわけにはいかなかった。本当のことを話したのは、初めて男女の仲になる直前。ダブルベッドの上で正座をして告白した。

「坊主のところへ嫁に来たのだ。そういうことは諦《あきら》めてくれ」

「堅いなぁ、カクちゃんは。カクカクだな。よそのお寺じゃけっこうやってるよ、きっと。光臨寺幼稚園だって、クリスマス会やるって話だし」

「あれは違う。もみの木祭りだ」

光臨寺は町内にある同門の寺だ。幼稚園だけでなく駐車場やレストランも経営し、長福寺よりはるかに羽振りがいい。しかし住職の顕信さんはいつもこぼしている。「仏の道とビジネスの両立は、なかなか難しいものだ。最近、店の売り上げが芳しくなくてな。花祭りフェアでは客が来ん。来年からは二月にチョコレート記念日というイベントをやるつもりなんだ」

「もみの木祭りでもなんでもいいよ。ツリー飾ろ。ケーキ食べよ。ローストチキンはあたしが自分で焼くからさぁ」

「私は跡継ぎのないこの寺に、よそからやってきた落下傘坊主だぞ。そんなことをしているのが知れたら、檀家がなんと言うか……」

長福寺は檀家数三百弱。信心の厚い田舎町だから、専業僧侶としてなんとか寺を維持していける数ではあるが、正照寺や光臨寺に比べれば、ずっと少ない。

「ようやく私を認めてくれるようになった檀家が、離れてしまうかもしれん」

「そんなことで離れていくような檀家なんて、つきあうのやめな。墓石ごとお引き取り願おうじゃないの」

とんでもないことを言う。怖いのは檀家だけではなかった。檀家以上に恐ろしいのは、師匠の慈海の耳に入ることだ。

慈海老師は覚念に何かと目をかけてくれ、由緒あるこの寺の住職に推挙してくれた恩師だ。妻帯こそしたものの、最近は守る僧侶などいない肉食、飲酒の禁を自らに課し、七十余歳のいまも厳しい行《ぎょう》を怠らない高僧。異教の祝祭にうつつを抜かしていたなどと知れたら、警策でしたたか打たれ、六百巻に及ぶ大般若経《だいはんにゃきょう》の読経《どきょう》を命じられるだろう。

「クリスマスやんないと、一年が終わった気がしないんだよ。やろうよ、やろうよぉ。ほら、うてなもパパにお願いしなさい」

絵里奈がくねくね腰を振ると、うてなも覚念の膝の上でお尻を振った。

「やろうよぉ」

うてなが言うと、やろうよの「ろ」が「りょ」に聞こえる。

「パパ、クリスマス、やろうよ」

言葉を覚え立てにしては流暢《りゅうちょう》な、なんだかあらかじめ予行演習をしたような口調だったが、はからずも覚念の胸はまたも甘苦しくなってしまい、つい、口を滑らせてしまった。

「……あ、うん」

絵里奈が目を光らせた。

「いま、うんって言ったね。聞いたよ」

「違う。阿吽《あうん》と言ったのだ」

「きったねぇ。嘘つき坊主だ、カクちゃんは」

「暮れは忙しいぞ。御煤払《おすすはらい》、冬夜《とうや》、歳末勤行と元旦会《がんたんえ》の準備もしなくちゃならん。高橋さんのところだっていつ――」

婆さまの葬式があるかわからない。「年は越せまい」仕事柄、親しくしている総合病院の医師からはそんな情報が入っている。

「ずりいな、この間、法話でみんなに言ってたじゃない。嘘をついても閻魔様《えんまさま》の浄玻璃《じょうはり》の鏡には映るのですじゃって」

「私は、ですじゃ、なんて年寄り臭い言葉を使ったことはない！」

覚念は口からフランスパンの粉を飛ばした。まだ三十半ば、自分では青年僧侶だと思っているのに、絵里奈は事あるごとに覚念を「おジイちゃんみたい」と笑うのだ。

「人を騙《だま》してばかりいると黒縄地獄《こくじょう》に落ちるぞぉぉ」

寺の女房になっても言動は短大生の時のままだが、生半可な知識ばかり身につけているうてなも言った。

「おちるぞ」

うてなの「ぞ」は「ろ」に聞こえる。覚念は首を横に振ろうとしたが、胸が甘酢で満たされてしまい、果たせなかった。

「さ、住職さん、たいした料理じゃありませんが、お斎《とき》を用意しておりますので。さ、さ」

米沢家で十三回忌の法要を済ませた覚念が、いつもながらなぜか後ろめたい気分で、仏壇のお布施を懐に素早くしまいこんでいると、故人の妻の米沢夫人が、日本舞踊の手さばきじみたしぐさで襖《ふすま》を開けた。

毎年この時期には法要が増える。寒さのせいか餅のせいか、年寄りは年末年始に亡くなることが多いからだ。今日はここが三軒目。午前中、昼さがり、それぞれの家で食事を出されたから、三度目の昼食だが、檀家のお布施と寄進が頼りの零細寺院の住職の身、断るわけにもいかない。前の家でたっぷり食べさせられた天ぷらの油臭いおくびをそっと漏らしながら、覚念はにこやかに笑った。

「これはこれは、頂戴いたします」

酒蔵《さかぐら》を営む米沢家が住むのは、総ヒノキ造りのなかなかの豪邸だ。二間続きの和室に毛足の長い絨毯《じゅうたん》を敷いて、洋風のリビングルームに見せている部屋は二十畳以上あるだろう。有名ブランドのロゴが入ったスリッパを履き、猫足ソファに腰を下ろした覚念は、自分の袈《け》裟《さ》姿をひどく場違いに感じた。

なにせ床の間の脇、黄聚楽《きじゅらく》の壁のあたりがきらきら輝いている。色とりどりの飾りつけをした天井まで届きそうなクリスマスツリーが置かれ、無数の豆電球が点滅を繰り返しているのだ。

覚念が魅入られたようにツリーを見つめていることに気づいて、米沢夫人がきまり悪そうに言った。

「あらあら、いけない。住職さんにこんなものをお見せするなんて。いえね、孫がどうしても欲しいって言うから、ついついあたしが買ってあげてしまって。綾香《あやか》ちゃん、これ消しときましょうね」

覚念は片手のてのひらを広げ、口を尖らせた孫娘を制して、ゆるりと笑った。

「ははは、いっこうに構いません。和の心も仏の教えです」

注《つ》がれたビールを両手で押しいただき、勧められるまま、ひとしきり料理に箸をつけてから、努めてそっけない口調で聞いた。

「こういうものは、どこで売っているものなのですか」

「そのカラスミは取り寄せの品ですのよ」

「いえ、カラスミではなく……」

「牛蒡《ごぼう》巻きは、益田屋《ますだや》さん」

「……ではなく」長くなりすぎないように注意して、覚念はクリスマスツリーに視線を投げかけた。「立派なもみの木ですな。見事な枝振りだ」

これだけの大きさだ、花屋ではあるまい。植木屋だろうか。

「和尚《おしょう》さん、これは造り物ですよ」夫人の長男、米沢酒造の二代目さんが笑って答えた。

「ホームセンターで買ったんです。ほら、国道沿いに新しくできた」

「ほほぉ」

言われてみれば本物の木ではなく、精巧につくられた人工素材だった。

国道沿いのホームセンターは、この町につくられた久々のショッピング施設だから、いま人気の的だ。れんげ田や菜の花畑や畦道《あぜみち》の彼岸花《ひがんばな》を飽きるほど見ているはずのこの町の住民が、わざわざ高価なガーデニング用の花苗などを購入したりしている。

「ただオーナメントはいいものがなくて……」

「オーナ……メント？」

「飾りのことです。オーナメントはマルフジの玩具コーナーのほうが品揃えがいいですねぇ。デコレーション・ライトもいろいろ選べるし。このライトはメモリー機能付きで、点滅パターンが八種類もあるんですよ」

マルフジは隣町のスーパーマーケットだ。地域でいちばんの大型店で、大都市並みのブランド品も手に入る。二代目さんは、子どもより自分自身が夢中になっているようだった。

「ねえ、ちょっとだけ見てもらえます？　あ、いいのかなぁ、お坊さんにこんなもの見せちゃって」

口ではそう言うが、観葉植物を飾った縁側へ出て、電気コードを手にして戻ってきた二代目さんは、これを見るまでは帰さないといった表情で、室内のコンセントにコードを挿し入れる。

覚念は思わず叫び声をあげそうになった。米沢家の和風庭園が一斉に輝きはじめたのだ。

松の枝先に星が瞬き、躑躅《つつじ》の植え込みからソリを引いたトナカイが浮かびあがり、石灯籠《いしどうろう》の上では〝ＨＡＰＰＹ　Ｘ　ＭＡＳ〟の文字が燦然《さんぜん》と輝いている。米沢家の小学生の姉弟が、窓の前で歓声をあげて飛び跳ねた。

「これこれ、なんですか、住職さんの前で。いえね、孫にせがまれてあたしがね。年寄りがお金を貯めこんでも、極楽へは持っていけませんものね」

米沢夫人は申し訳なさそうな声を出すが、孫を見つめる相好は総崩れだ。これでは極楽浄土へは行けぬやもしれません、などとは口が裂けても言えない。二代目さんは、光り輝く庭に目を細めながら、覚念のグラスにビールを注いだ。

「ガーデン・イルミネーションってやつですか。ま、ほんの座興ですが、夜はもっときれいなんですわ」

「ほう」

覚念はそっけなく頷《うなず》いたが、庭へ走らせた横目は、豪勢な光の演出に釘付けになっていた。

冬至の日の恒例である御煤払の翌日、覚念が午前中の檀家参りを終えて寺へ戻ると、絵里奈とうてなの姿がどこにもなかった。

どこへ行ったのかは聞かされていない。ここ数日、絵里奈は口をきいてくれないのだ。覚念が二十四日の夜に、檀家との納会「冬夜」の予定を入れてしまったことに、ずっと腹を立てている。

作務衣《さむえ》に着替えるために寝室へ入った覚念は、目を丸くした。法衣用の桐箪笥《たんす》にタペストリーよろしく例の手編みのひざ掛けが下がっていた。〝Merry Christmas〟がきちんと中央にきている。足もとにはこれ見よがしに銀ビーズつきのクッションがころがっていた。

箪笥を開けようとすると、ちりんと音がした。把手《とって》に何かぶらさがっている。鈴だ。釣りがね型の小さな二つの鈴の根元にはひいらぎの葉と赤いリボンがあしらわれていた。覚念は深々とため息をついた。

法衣はいつもどおり真四角に畳まれて並んでいた。絵里奈は妙なところで几帳面なのだ。

作務衣を収納した段には、洗濯したての冬物一式がきちんと整えられていた。

しかし、それを取り出した覚念はゆっくり首を振った。足袋《たび》のかわりにクリスマスカラーの靴下が載っている。畳まれた作務衣を広げると、一枚の紙が落ちた。画用紙だった。

二行の文字が入っている。

赤いクレヨンは絵里奈の丸文字。

『嘘つき』

文字のまわりは金色に縁取りされている。

その隣には緑色のクレヨンで、ひらがなを練習中のうてなの字。

『うそつさ』

うてなはいつも「き」と「さ」を間違える。絵里奈が描かせたのだろう、うてなの絵も添えられている。肌色のたまねぎとしか見えないが、上半分が赤く塗られているところを見ると、サンタクロースのつもりらしい。

覚念は再びため息をつく。しかし嘆息しながらも、みみずがダンスをしているようなうてなの文字に、胸がきゅうんと鳴るのを抑えることができなかった。

作務衣を箪笥に戻し、本堂へ行く。手短に読経を上げ、本尊に頭礼《ずらい》し、それから寝室へ戻った。

再び箪笥を開ける。ただし今度は桐箪笥ではなく、私服をしまってある小さなロッカータンスのほうだ。スーツとジャージ、その他わずかしかない私服の中から、シカゴ・ブルズのスウェットシャツと、カーゴパンツ、アウトレットの革ジャンを引っ張り出した。

新婚時代、絵里奈と二人でディズニーランドへ一泊旅行をした時、作務衣を着ていこうとした覚念に「そんな格好でスプラッシュ・マウンテンに乗るなんて絶っ対に許せない」と絵里奈が揃えた服だ。あの時以来、一度も着てはいないが、一緒に買ったナイキのニットキャップと、フォックスタイプのサングラスもそのまま残っていた。

着替える前に雨戸を閉める。寺は個人の住まいであって個人のものではない。墓参に訪れる人々、相談事を持ちこむ檀家、賽銭の替わりにワンカップの蓋《ふた》を放りこむ酔っぱらい。いつ誰が訪れ、誰の目に触れるかわからないのだ。

服を身につけて姿見の前に立った。少々トウは立っているが、マルフジ一階のハンバーガーショップにたむろしているような若者に見えなくもない。

サングラスをかけた。これなら誰も長福寺の住職だとは思うまい。「グラサン、すごく似合うよ。ヒップホップ系のＤＪみたい」絵里奈にそう言われたことを思い出した。なんとなし気分が浮き立って、覚念は鏡の前で両手を横向きのピースサインにして、頭上に掲げてみた。「イエ〜イ」と言ってみる。恥ずかしくなってすぐにやめた。

いただいたばかりのお布施を開封し、金額をあらためる。七回忌にしてはかなりの額が入っていた。覚念はお布施封筒へ丁重に合掌してから、札束を革ジャンのポケットにねじこんだ。

庫裏の勝手口から境内の裏手に回り、使われていない薪《まき》焚き風呂を改装したガレージへ足を向けた。

シャッターを開け、午前の法要に使ったスクーターをしまう。ガレージから軽自動車が消えていた。おそらく絵里奈は県内にある実家に帰って愚痴をこぼしているのだろう。だとしたら、いつものように兄嫁に邪険にされて夕食時には帰ってくるはずだ。

どちらにしても、覚念には檀家の人々に長福寺のものだとわかってしまう黒色の軽自動車を使うつもりはなかった。

ガレージの奥にリモコン・キーを向ける。めったに乗らないが週に二回は洗車をしているランドローバー・ディスカバリー97年モデルのオフホワイトのボディがカチリと音を立てた。

クルマはいくら修行を積んでも消せない覚念の煩悩のひとつだ。ツーシーターから４ＷＤまで、いままでに何台も乗り換えている。本当はフェラーリが欲しいのだが、経済的余裕と檀家の目がそれを許してくれない。坊主とて生身の人間、欲もあれば迷いも生じる。しかし世間は坊主に、石の仏像を見るのと同じ目を向けてくる。それに応えるのも僧侶の責務であり、修行のひとつと言えるのだろうと覚念は諦観《ていかん》していた。

ルームミラーでもう一度、変装を確かめてから、イグニッション・キーを回す。V8エンジンが重厚な唸《うな》りをあげた。墓地の駐車場を経由してから道へ出る。覚念はランドローバーならではのシルキーな加速に身を任せた。

長福寺のある高台を下り、国道に出るまではしばらく車線のない田舎道が続く。両側に並ぶ民家はたいていが長福寺の檀家だ。よそ者には用事のない土地だから、すれ違うクルマも檀家の誰かのものである可能性が高い。覚念は対向車の姿が見えるたびに、運転席で身を縮める。国道までの一キロ半の道のりが、おそろしく長い距離に思えた。

平日にもかかわらずホームセンターは予想以上に賑わっていた。半分がた埋まった駐車場の隅にランドローバーを停めた覚念は、ひっきりなしに自動ドアが開閉する人出に不安を覚えたが、頭を木魚のように叩き、己の弱気に活《かつ》を入れ、大きく深呼吸してからクルマを降りた。

二、三歩歩いてから、愕然《がくぜん》とした。不覚。いつもの癖で草履《ぞうり》を履いてきてしまった。しかも足袋を履いたまま。自信満々だった変装が急に頼りないものに思えてきた。

とりあえずクルマへ戻り、足袋だけは脱いだが、足もとが気になってしかたない。サラリーマンのネクタイと同じで、仕事着が画一的なぶん、坊主は草履や数珠《じゅず》などの小物ファッションにこだわる。覚念も草履は銀鼠《ぎんねず》色と決めていた。午後の日差しを照り返して輝く白本革の鼻緒が、今日ばかりは眩《まぶ》しすぎる。ホームセンターの入り口までずっと下を向いて歩き、自動ドアをくぐり抜けると、右手に掲げられた館内案内図を手早く読んだ。

売り場の名前を見ても、ツリーがどこで売られているのかさっぱりわからない。2F『家庭・インテリア用品』。ここだろうか。

エスカレーターの前まで歩き、片足をかけようとしたところで、覚念は足を止め、体を反転させた。下りのエスカレーターで降りてくる顔に見覚えがあったからだ。檀家の一人、しかも法名が「院」クラスの仏さん数柱を預かっている護持会幹部だ。

場内に背を向け、壁に貼られたハロゲンヒーターのポスターを読むふりをして、足音が遠ざかるのを待った。『快適暖房！　自動首振り機能付　￥３９８０』これが本堂にあれば冬の朝のお勤めがどれほど楽だろうなどと、つい本気で見入っているうち、ポスターのすぐ脇に、『クリスマス用品・大特価』と書かれた店内看板が下がっていることに気がついた。その下には『１階特設コーナー』という文字と矢印。

なんと。すぐそこではないか。覚念はひとさし指でサングラスを押し上げて、矢印の方向へ足早に歩く。

陳列台には植木市のように大小のクリスマスツリーが並んでいた。高さ六十センチの小さなものから、米沢家のものと同じ二メートルを超える特大サイズまで。特大ツリーは価格九千八百円。迷ったが、うてなの目がまんまるになるのを見たくて、特大をかつぎあげた。

「もしもし」

突然、背後から呼び止められた。鈴《りん》より高らかに心臓が鳴った。覚念は顔をツリーで隠して振り向く。店のユニフォームを着た従業員が立っていた。

「それは陳列用です。ツリーをお求めなら、こちらからお願いします」

従業員が指さす先に、派手なイラストや謳《うた》い文句が躍る大きな箱が積み上げられていた。なるほど、箱詰めされたものを自宅で組み立てる方式であるらしい。

「ああ、すまない。知らな――」

思わず声をあげてしまい、あわてて口をつぐむ。あちらこちらで読経し、法話をしている覚念の声は、職業柄よく通るし、聞く人間が聞けば、本人とわかってしまう。無言の行でいかねば。

特設コーナーには、飾り物や電飾用ライトも並べられていた。ボール型、星型、鈴、リボン、蠟燭《ろうそく》、松ぼっくり、小さなぬいぐるみ。

物珍しくて、手にとってみたかったが、横目で眺めただけで素通りする。「オーナメントはマルフジ」という二代目さんの言葉に従うつもりだった。

時刻は午後三時。うてなと絵里奈を驚かせるために夜までに揃えねばならない品数を考えると、時間を無駄にはできない。なにより、いつ檀家と出会うかわからないここを一刻も早く立ち去りたかった。

だが、コーナーの端、小さなワゴンの前で覚念の足は止まった。ワゴンの手描きプレートの、こんな文字が目に入ったからだ。

『サンタ帽&サンタ服　前夜祭価格』

ワゴンに残っているのはサンタ帽ばかりで、帽子とつけ髭《ひげ》付きの〝サンタ服セット紳士用〟は残り一着。覚念はこれを身につけた自分の罰当たりな姿を想像してしまった。首を振り、「無」と唸ったが、今度はうてなが浮かんできた。うてなは歯がようやく生え揃った口を大きく開けてはしゃぎ声を出し、おサルみたいにうほうほ飛び跳ねている。覚念はおずおずとサンタ服に手を伸ばした。

ほぼ同時にワゴンの向こうから腕が伸びてきた。とっさに手を引っこめる。忘己利他。僧侶の心が自然に反応したのだ。

ワゴンの向こう側に立っていたのはスーツ姿の中年男。平日のこの時間だ、切迫した事情があるのだろう。覚念は慈悲深く微笑《ほほえ》み、「どうぞ、あなたがお持ちなさい」と言うかわりに相手へ指をつきつけ、それから下をさし示した。男はびくりと身を震わせて、手にしたサンタ服を取り落とす。「遠慮しなくても良いのですよ」と伝えるために、今度は微笑みを浮かべた顔を男に近づける。サンタ服へ導くつもりで、男の手をとろうとすると、後ずさりし、逃げるように立ち去ってしまった。

せっかく譲ろうとしたのに、妙な男だ。覚念は首をひねる。ワゴンの上、サンタ帽の試着用に置かれた鏡の中で、サングラスをかけた人相の悪い男が首をかしげていた。

やけに店内が薄暗いと思った。慣れていないから、サングラスをかけていることを、つい忘れてしまう。目を隠すと、和顔施《わげんせ》の手本と評される覚念の顔は、ずいぶんと悪相になる。さっきのように笑ってみた。歯を剥いて威嚇《いかく》している表情に見えた。ふむ。しかし、おかげでサンタの衣装を手に入れることができた。報恩感謝。覚念は男の消えた方角に、小さく合掌した。

四カ所のレジには、ショッピングカートが列をつくっていた。誰もが、いちばん人数の少ない列を選ぶかと思いきや、そうでもない。あえて混み合った行列に並ぶ者もいる。こういう場所にはめったに足を踏み入れないが、思いがけぬ人々の利他の心に覚念は打たれた。世の中まだまだ捨てたものではない。

だが、すぐにそれが勘違いであることに気づいた。いちばん短い列の末尾に並んだ女性客は、ショッピングカートの上下に籠を積み、なおかつ足もとにも山積みの籠を置いている。

なるほど、そういうことであったか。レジに並ぶことも、世俗を知る修行かもしれない。覚念はひそかに唸《うな》り、己はあえて山積みカートの後ろに並んだ。ブルズのスウェットを着ていても、この身は坊主だ。女性客の夫らしい男がさらに二つの籠をさげて割りこんできた。覚念は心の中で、しばし読経をしたが、結局、隣の列に並び直した。

「あらあ、可愛い赤ちゃんねぇ。何カ月ぅ？」

残りあと二人という時だ。聞き覚えのある高音に覚念は身をすくませる。レジから聞こえた。レジスターを打つ手を休めて客が背負った赤ん坊をあやし、他の客たちを苛立《いらだ》たせている従業員の顔に驚いた。

坂本さんだ。長福寺の近所に住む農家のおかみさん。この間、立ち話をした時に、冬は暇だからパートを始めたと聞いたが、ここだとは知らなかった。他の列に並び直そうと思ったが、背後にはすでにカートが並び、身動きがとれない。覚念はツリーの箱を抱えあげて顔を隠した。

路上でひとたび坂本さんにつかまると、五分や十分では解放してくれない。職場でもその多弁ぶりをいかんなく発揮しているようだった。覚念のひとり前の客には、キャットフードを袋に詰めながら、自分の飼い猫の自慢話を始めた。

覚念の番が来た。こわもてに見えるらしい覚念には声をかけづらいのか、坂本さんは無言でレジを叩き出したが、何か喋《しゃべ》りたくてうずうずしているのが、飴玉をころがすように動く頰でわかる。きっかけを探してしきりに視線を合わせてこようとするから、覚念は顎《あご》をあげ、背の低い坂本さんの頭上に掲げられた『年末年始・営業のご案内』という吊り看板を眺めていた。

下方から坂本さんの声がした。

「お正月も休まずやっとりますですよ、うふ」

思わず顔を振り向けてしまった。

「大晦日も午後八時まで。あたしはお休みもらうけど。ふふ」

あわてて視線をそらしたが、遅かった。サンタの衣装を袋に入れながら、坂本さんがまた声をかけてくる。

「ま、いいパパさんね。サンタさんになるのぉ？」

親しげにそう言い、顔を覗きこんでくる。しかたなく無言で頷いたが、坂本さんは、それぐらいで許してくれる人ではない。

「お子さんいくつ？　まだサンタさん信じてる？」

のろのろとツリーの箱に店名入りのテープを張り、にまりと笑いかけてくる。折悪しく、隣のレジが空《す》き、坂本さんのお喋りに呆《あき》れて、後ろの客がいなくなってしまった。僧侶歴十余年の鍛練のおかげで、覚念は真夏に袈裟を着ても汗をかくことはないのだが、慣れないニットキャップの中では脂汗が噴き出していた。

「ね、いくつぅ？　教えてよ」

指を三本出した。まるでうてなのしぐさだが、坂本さんにとって相手の返答は、自分の次のお喋りのためのただのきっかけだから、気にするふうもない。

「そう、三歳。可愛い盛りよねぇ。うちの孫は四歳。ご近所に同じぐらいの歳のお友達が何人もいてね。三歳っていえばちょうど──」

坂本さんは覚念が差し出した一万円札を人質にし、釣り銭を数える手を止めて考えはじめた。覚念は腕時計をわざとらしく眺めて時間がないというポーズをつくったが、その時計が法事用のロンジンであることに気づいて、あわてて手を引っこめる。

「中谷《なかたに》さんちの亮太《りようた》くん……ああ、あの子はもう小学生だわ。三歳といえば、そう──」

「プリーズ、メイク・イット・スナッピー」

とっさに自動車部品工場ができて以来、この町にふえた外国人のふりをした。

「あらあら、ごめんなさい。エキスキューズ・ミーだったかしら。いまお釣りをギブね」

農協の旅行で海外慣れしている坂本さんにひるむ様子はなかった。

「ユー、カントリー、どちら？」老若男女、国籍にかかわらず客には愛想良く、というのが彼女の仕事上のポリシーなのだろう。自信たっぷりの妙な英語で問いかけてくる。「チャイルド、ハウ、オールド？」

今度はヒンズー語で答えた。坂本さんはようやく諦めて、小さくため息をつき、覚念に釣り銭を渡しながら、最後のひと言を投げかけてきた。

「メリークリスマス」

満面の笑みだ。無言で立ち去るのは忍びなく、覚念は返事をしてしまった。

「メリークリスマス」

時計の針は午後五時半をさしている。両手に紙袋をさげた覚念は、スーパーマルフジの駐車場へ急ぐ。二代目さんの言っていたとおり、マルフジの玩具売場にはホームセンターの数倍のクリスマス用品が並んでいた。ひとつひとつを手にとって吟味しているうちにすっかり遅くなってしまった。

大きな紙袋のひとつは、ツリーを飾るためのグラスボール、イルミネーションライト、ロールリボン、その他、名前を覚えられなかった品々でふくれあがっている。

もうひとつには、ガーデン・イルミネーション。米沢家の豪華な品に比べれば、ほんのささやかなものだ。まさか伽藍《がらん》の表を飾り立てるわけにはいかないが、今夜だけガレージの脇に立つアオキの木を光らせてみようと考えたのだ。縁側に面した襖を開け放てば、茶の間から眺められるはずだ。

うてなへのプレゼントはおさるのもんきちのぬいぐるみ。絵里奈には欲しがっていたマフラー。両端にポンポンのついたやつ。

手首からさげたポリ袋は温かく、香ばしい匂いを立ちのぼらせている。精肉コーナーで買った焼きたてのローストチキンの匂いだ。

必要なものはあとひとつ。クリスマスケーキだ。ケーキはマルフジではなく、駅前の絵里奈がお気に入りの店〝パティスリー・セゾン〟で買うつもりだった。

怒って実家に帰った時の絵里奈は、夕食の支度をしたためしがないから、ちょうど好都合だった。ちゃぶ台にクリスマスケーキとローストチキンとシャンパンを並べ、今夜、少し早い覚念一家のクリスマス・パーティーを開くのだ。

マルフジから駅まではクルマで数分。覚念はランドローバーをロータリーの手前で停め、駅前の賑わいの中を歩いた。

地方都市のこぢんまりとした繁華街は、他のどの季節よりも喧騒に満ちている。有線放送がジングル・ベルを奏で、店先で、ショーウィンドゥで、ツリーや星が輝き、街頭ではサンタクロースがティッシュを配っている。レストランやバーだけでなく、中華料理店や漬物屋の店頭でもクリスマスの装飾が瞬いていた。

クリスマス一色。考えてみれば、ふた月前、所用で立ち寄った時にも、ここにはすでにツリーが飾られ、クリスマスソングが流れていた。

いつからだろう、異国のこの祝祭に誰もが自分も加わらなければ乗り遅れた気分になり、コマーシャリズムが前倒しで人々を煽《あお》るようになったのは。

考えてみれば不思議だ。誰もが浮かれているが、誰も本当の意味は知らない。

他教とはいえ覚念は宗教家だから、一般人よりはクリスマスの意味を知っている。キリストの降誕を祝う日ということになっているが、実際にはキリストの誕生日の正確な記録はないのだ。太陽が高くなり日が長くなるのを祝う古代ローマの民俗行事「冬至祭」とキリスト教信仰が結びついたものだと謂《い》われている。

　不思議な国だ。神社で七五三をし、教会で結婚式を挙げ、死んだ時だけ寺の世話になろうとする。なんだか坊主ばかり地味な役回りをしているようで、損をしている気分だ。仏前結婚式の戒師《かいし》を頼まれれば、喜んで引き受けるのに。

　〝パティスリー・セゾン〟の店先はマルフジの玩具売場に負けないほどのきらびやかさであった。大小さまざま、色とりどりのクリスマスケーキが並べられている。

　さて、どれにしたものか。思わずサングラスをひたいに押し上げてショーケースを眺めてしまい、あわててかけ直した。念のためにマルフジの歳末バーゲンでスニーカーを購入し、草履と履き替えていたが、さすがに隣町まで来ると知った顔に会うことはなく、つい気が緩んでしまう。

　ケーキは別腹の絵里奈がいるにしても、円形のケーキは親子三人には大きすぎる気がした。といって〝ブッシュ・ド・ノエル〟という伊達巻きのようなものでは、うてなが喜びそうもない。

　女性店員が、「どれにします？」という顔で微笑みかけてきた。覚念は無言でショーケースの中を指さす。やはり、これだ。円形。どうせならトナカイのソリの砂糖菓子が載っているいちばん大きなもの。

ケーキがショーケースから出され、化粧箱に詰められるのを、覚念は胸をときめかせて見守った。

覚念は子どもの頃からクリスマスを祝った経験がない。厳格な祖父が住職を務める寺に生まれたからだ。

副住職だった父親は中学教師との兼業僧侶で、熱意のある宗教家ではなかった。バブル景気に踊らされ、祖父が亡くなった年に、寺の所有地にマンションを建てたのだが、あっけなく経営に失敗し、結局、寺自体も手放した。長男である覚念がゆくゆくは寺を継ぐつもりで、仏教系の大学に在籍していた時だった。

「キャンドルはおつけしますか？」

店員が問いかけてくる。知らなかった。クリスマスケーキにも蠟燭が必要なのか。

万事につけ洋風の習慣を嫌う祖父が居たためか、一家の食卓には覚念や弟たちの誕生日の時もケーキは上らなかった。生まれたのが十月だったから、覚念の誕生日の御馳走はいつも松茸ご飯。食後のデザートは、なぜか甘納豆で、年の数だけ食べさせられた。

蠟燭の見本を差し出してくる店員に片手を振った。蠟燭なら寺に腐るほどある。

幼少の頃から寺を継ぐことが義務づけられていた覚念にとって、仏教科へ進んだのは自分の意志ではなく、決められた道でしかなかったから、当初は授業も実習も退屈に感じられた。

その覚念が真に仏の道に目覚めたのは、皮肉にも自分の継ぐはずだった寺がなくなってしまった直後だ。なぜなのか自分でもいまだにわからない。下宿のワンルームマンションに置いた小さな本尊の前で読経している時、阿弥陀様《あみださま》の声を聞いたからかもしれない。

「覚念、目覚めよ」

不思議な声だった。高くもなく低くもなく、男の声にも女の声にも思え、静かでありながら激しかった。

幼い頃から早朝に叩き起こされて祖父の勤行につきあわされ、寒い冬も裸足《はだし》で廊下の掃除や落ち葉掃きをさせられた覚念を、阿弥陀様が哀れに思って声をかけてくださったのかもしれない。いや、いま思えば、実家の父親から「もううちの寺はだめだ。すまんが、サラリーマンになってくれ」などという電話を受けた腹いせに、まる一日読経を続け、トランス状態になっていたから聞こえた幻聴かもしれない。

とにかくその日以来、覚念はたとえ寺はなくとも、僧侶として人生を歩むことを心に決め、厳しい修行に耐えてきた。

周囲には実業家さながらの僧侶も少なくないが、長福寺の住職となったのちも、僧侶を生計の手段と考えたことはなかった。絵里奈と結婚し、うてなが生まれてくるまでは。

覚念はうてなと絵里奈と三人で濡れ縁に座り、鮮やかに輝くアオキを眺める情景を思い浮かべた。想像の中のうてなは興奮し、おサルのような歓声をあげ、すっかり機嫌を直した絵里奈は熱い眼差《まなざ》しを送って寄こし、覚念の肩に頭を預け——

「覚念」

どこかで自分を呼ぶ声がした。最初は空耳だと思った。

「これ、覚念」

確かに聞こえる。阿弥陀様の声だろうか。ああ、お許しください。今宵一夜だけお見逃しを——

「覚念であろう？」

流れるクリスマスソングを吹き飛ばすような凛《りん》とした寂声《さびごえ》。ようやくそれが現実のものであり、同時に声の主が誰であるかも理解した。

慈海老師だ。覚念は地蔵のごとく身を固くし、震え声を出した。

「……はい」

「そこで何をしておる」

「……はぁ、つまり……なんと申しましょうか」

「お待ちどおさま〜。クリスマスケーキ、パーティーホールで〜す」

折悪しく店員がトナカイのイラスト入りの大きな箱を差し出してきた。覚念は直立不動のまま首《こうべ》を垂れる。

「申しわけございません」

恐ろしくて、振り向くことができなかった。

「なぜ、私だと、おわかりになったのですか」

「ほほほ、いくら身なりを替えても、坊主は香の薫を消せぬ」

さすがだ。老師の目は誤魔化せない。

「まいりました」

覚悟を決めて振り向いた。そして目を見張った。

雑踏の中に立っているのは、確かに慈海老師だ。風雪で削られた岩を思わせる顔貌《がんぼう》。白眉の下の鋭い眼光。小柄で細身ながら頑健そのものの体を二重回しの外套に包んでいる。いつもどおりの老師であった。頭の上にかぶった水玉模様のパーティーハットさえなければ。

老師の隣には、サンタ帽をかぶった女がいる。赤いワンピースの丈が罰当たりに短い。常ならばぴしりと伸びているはずの老師の背筋はぐにゃぐにゃで、女に腕を抱えられてようやく立っている状態だった。女が口の中でガムをころがしながら言った。

「中村さんの知り合い？」

中村という名字が、老師のものであることに気づくまで少し時間がかかった。

「困ってたんだ。このジイちゃん、あんたが連れてってくんない。そこらへんでタクシーに放りこんでくれればいいから」

女は覚念が頷く前に、老師を荷物のように押しつけてきた。覚念はその頼りない体を抱きとめた。

「何があったのですか、老師」

老師が顔を上げた刹那にわかった。何があったもへちまもない。まだ夕刻だというのに、老師の息は酷くアルコール臭かった。これでよく香の薫がわかったものだ。

「おお、今日は夕刻から法話会に呼ばれておるのだ。ちと早く寺を出すぎた。街をそぞろ歩いておったら、客引きにつかまってな。夕方割引とやらに誘われて、ついふらふらと。いやはや、たまげた。あの手の店とは。いきなり若い娘が膝の上に乗ってきた。外套が脱げずに困った」

長年の修行の賜物《たまもの》か、言葉はしっかりしている。しかし体は歩くのがやっとだった。千鳥足の老師を支え、なおかつ大量の荷物をさげて覚念はクルマまで歩いた。ケーキはしっかり片手で抱えていた。

「老師がお酒を召されるとは知りませんでした」

覚念が正照寺にいた頃は、奈良漬けを食べている姿すら見たことがない。

「最近、飲んどるよ。七十にして目覚めた。光子《みつこ》がいなくなってからは、毎晩召されておるのだ」

光子というのは正照寺の大黒さん。老師の奥さんだ。覚念をわが子同然に可愛がってくれた心優しい人だったが、二年前に亡くなった。

「おお、覚念、いいクルマに乗っておるな」

「申しわけありません」

「わしも欲しいな。光臨寺の顕信のと同じ、三ツ矢のマークが付いたやつがいい。ああいうのは、どこで売っておるのだ」

どこでの「ど」が「ろ」になっていた。覚念は老師の三角帽子を脱がそうとしたが、固く結ばれた顎紐がほどけない。やむなく、折り畳んで袈裟の襟の中に突っこむ。老師は三角帽子が気に入っている様子で、消えたそれを探してきれいに剃り上げた頭を手さぐりし続けている。

「老師、般若湯《はんにゃとう》が過ぎたようですが」

「にゃんだとぉ、般若湯、なんつって」

しばらく会わないうちに、老師は変わってしまわれたようだ。自分のことは棚にあげて、なんとなし裏切られた気分になった覚念は、老師を手荒く二列目シートに押しこんだ。

「とりあえず正照寺までお送りいたします」

「寺はやだ。寂しすぎるもの。今夜は線香の匂いを嗅《か》ぎたくない」

「何をおっしゃいます」

「そうだ、法話会に行かねば。五時からなのだ。間に合うとよいが」

「もう六時を回っておりますが」

「それはいかん、急いでくれ、覚念」

「そのご様子では無理です」第一、覚念には大切な用事がある。

しかし老師にくしゃくしゃになった地図のメモを差し出されては、嫌とは言えない。場所は「寿光園」。同門の人間が経営する老人ホームだろう。

走り出してすぐ、後部座席からがさごそという音と老師の声が聞こえてきた。

「むむ、なんだ、これは……おおう、目もあやな赤い服であることよ」

しまった。老師とともに買い物袋一式も二列目シートに放りこんでしまった。

「ずいぶん大荷物だな……なになに……聖夜を彩るファイバーツリー・ＬＬサイズとな」

「……老師、正直に申しあげます」

「専用オーナメントでさらに美しく」

「……私は今年のクリスマスを家族と祝おうと思っております。私の信仰に揺らぎはありませんが、妻と子どもを思う気持ちも……そのぉ、同様に……」

他人に説法をする時には、するすると言葉が出てくるのに、自分のこととなると何を言うべきか、言葉が見当たらなくなってくる。

「覚念よ」

後部座席から、酔っているとは思えない静かな声がした。覚念は生唾《なまつば》を呑みこんだ。

「クリスマスとは？」

老師が問答をされようとしている。公案には即座に答えねばならない。久々の緊張だった。

「にわか信者の狂乱、でしょうか」

「若いな、覚念」

それ以上、問いはない。覚念は老師の答えが知りたかった。

「では老師、クリスマスとはなんでしょう」

「クリスマスは、メリーに決まっておろう」

「……老師のお言葉とはとうてい思えません」

「大切なのはクリスマスではない」

「ははぁ」

「大切なのは、クリスマス・イブだ」

覚念が急ハンドルを切ると、鈍い音がした。老師がサイド・ウィンドゥに頭を打ちつけたのだ。

「覚念、痛いじゃないか」

「その三角帽子はおやめください」

いつの間にか老師の頭にはパーティーハットが戻っている。

「堅いことを言うな。一切は『空《くう》』。他の宗教も空で包みこむ。それがお釈迦様《しやかさま》の大きさだ。人を救うためにあるはずの宗教同士の諍《いさか》いで、人を殺《あや》めたり、戦争をおっぱじめたりするより、よほど理にかなっておる」

「そうでしょうか」

「光子は甘い物が好きだったからな、毎年、クリスマスにはケーキを買って、二人で食うたもんだ。光子はガトー・ショコラが好きでな」

そうだったのか。知らなかった。

「坊主もメリーでなければ。祝いごとは多いほうがいい。葬式を出すばかりが坊主ではないぞ」

「本当に、それで良いのですか」

老師から返事はない。己で考えよ、ということだろうか。しかし「聖」と「俗」のはざまで揺れる自分の心を、覚念はうまく整理することができずに、後部座席を振り返った。

「老師、もうひと言だけ、お教えください」

老師は寝ていた。


木製の簡素なアーケードの下に、ベニア板でつくった看板がぶら下がり、手描きの動物のイラストとともに『じゅこうえん』とひらがなで施設の名が記されていた。

高いフェンスに囲まれた敷地は、小規模の幼稚園といった広さで、ブランコが揺れる庭の向こうに二棟の木造の建物が立っている。老人ホームだとばかり思いこんでいたのだが、どうやら子どものための施設のようだった。建物の一方から灯が漏れ、子どもたちのさんざめく声が聞こえてきた。

カエル目になっている老師の手をひいて声のする方向へ歩き、三角帽子を袈裟の中に突っこんだ。

上部に素通しガラスが嵌《は》まったドアの先は、教室とも食堂ともつかない大部屋だった。いきなり現れた老師の姿に、施設の職員らしいエプロン姿の女性が目を丸くした。

「和尚さま、もういらっしゃらないのかと」

女性は手にしていた星のかたちの折り紙を背中に隠す。いくつかの机を繋《つな》げてつくられたスペースの上には、折り紙や紙テープが散乱している。職員の一人があわてた声を出し、十数人の子どもたちの中では年かさに見える中学生ぐらいの少女が、壁から紙でつくったツリーを剝がしはじめた。

「ああ、そのままそのまま。さっそく法話を始めるが、よろしいかな」

老師は返答を聞く前に、部屋の奥の、クリスマスの飾りつけに使おうとしていたらしい踏み台の上にぴょこんと乗った。覚念はいますぐにでも家へ飛んで帰りたかったが、いつパーティーハットをかぶろうとするかわからない老師を、一人置いていくわけにもいかない。怪しげなボディガードとしか思えない姿で壁に突っ立っていた。

「良い子のみんな、お聞きなさい。昔々、お釈迦様の時代のことじゃ」

老師が法話を始める。急遽《きゅうきょ》、車座に並ばされた子どもたちは、誰もが不満顔だ。

「子どもを亡くした若い女がおった。女はわが子が死んだことを信じられず、その冷たい体を抱いて、お釈迦様にお願いをした」

これが年季というものか、酔っているとは思えない朗々とした声。職員たちも足もとのふらつきは高齢によるものと思いこんでいるようだった。

「『この子を助けてください。病気なのです』と。さて、お釈迦様は何と答えたと思うか――」

説法慣れした老師は、ここぞというところで言葉を切り、子どもたちが口々に答える声を聞こうじゃないか、とばかりに耳に手をあてた。しかし、子どもたちからは何の反応もない。恨めしそうにつくりかけの飾りを眺めているだけだ。老師は耳を掻《か》くふりをして、法話を続けた。

「お釈迦様は、『この子はすでに死んでいる』などとはおっしゃらなかった。女にこう言った。『この子の病を治すには、芥子《けし》の実が必要だ。家々を訪ねて、もらってきなさい。ただし、その芥子は、いままでに死人を出したことのない家からもらってくるのだよ』と。取り乱している女には、お釈迦様の不可思議な言葉の意味を考える余裕はなかった。家々を訪ねて芥子の実を分けてくれ、と乞うた」

うてなとさほど変わらない年齢の子どもが大あくびをし、職員にたしなめられている。

「どの家も、芥子なら分けようと言ってくれる。だが、女には芥子の実がひと粒も手に入らなかった。いままでに死人を出したことがない家が一軒もなかったからだ。そこで女はようやく気づいたのだ。お釈迦様の言葉の意味を。生あるものには、必ず死がある。いつかは死が人を分かつ。それを受け止めて生きていくのが、人生というものなのじゃ」

老師が深々と酒臭いため息をついた。

「いい話だ。しかし話は話、己の身に降りかかると、そうそう悟りの境地になれるものではない……特に人々が賑やかに浮かれ騒ぐ、こんな日には……ううっ」

突然、老師が声を詰まらせて、うずくまってしまった。覚念は即座に駆け寄り、昔よりずっと薄くなったその肩にそっと手をかけて、抱き起こした。

「老師、老師。お気を確かに」

「……うう、気持ち悪い」

「なんだ」

「ちと、飲みすぎた。ところで、どうだ、わしの話は？　皆、感銘を受けておるか」

覚念は、無念という表情をこしらえてから、首を横に振った。

「そうか。残念だな。では覚念、ものは相談だが……」

老師の耳打ちに、覚念はサングラスの中の目玉をひんむいた。しかし、言葉に従ってすみやかに部屋を出た。師の命令だ。逆らうわけにはいかない。

部屋の前に戻った覚念は、ドアをほんの少し開けて中の様子を窺《うかが》った。老師の説法はまだ続いている。

「そこれ、お釈迦しゃまは、おっしゃったのら。もしもし、ベンチでささやくお二人さん〜」

老師の呂律《ろれつ》はもう隠しようもなく怪しくなっていた。退屈した年少の子どもたちが部屋を駆けまわっている。それを止めるために職員も走りまわっていた。

ひとつ深呼吸し、それから音を立ててドアを開けた。振り向いた子どもたち全員が、覚念の姿に目を丸くする。

覚念はサンタの服を着て、帽子をかぶり、白い髭をつけていた。

クルマで組み立てたクリスマスツリーをドアのとば口に置き、袋の中の金、銀、赤、緑、色とりどりのオーナメントを床にぶちまける。

ケーキ箱を捧げ持って部屋に入り、呆気にとられている職員たちの間を縫って進み、子どもたちの車座の真ん中に箱を置く。そして蓋を開けた。

ケーキに真っ赤な蠟燭を立てた。ダッシュボードの中に入っていた、朱の五十号、二十センチ余の和蠟燭だ。

覚念が線香着火器を取り出し、いちばん年かさの少女に目配せすると、すぐに得心した顔で、部屋の隅に走る。少女が照明を落とし、部屋の明かりはほのかな保安灯のみとなった。

火をともす。部屋に五十号の和蠟燭ならではの、力強く温かな光が満ちた。子どもたちがため息を漏らし、歓声をあげる。炎に淡々と照らされた幼顔が一斉にほころんだ。

絵里奈、うてな、すまん。老師はこうおっしゃった。「ツリーは明日また買いに行け、堂々と袈裟を着て。わしが許す」と。

老師が許しても檀家が許さない気がしたが、覚念は袈裟を着たままホームセンターへ行き、ツリーを抱えた自分に目を見張る人々へ、穏やかに微笑みを浮かべて合掌してみたかった。

その誘惑を抑えることはできそうもない。

老師が叫ぶ。いつの間にか三角帽子をかぶっていた。

「今宵はもう坊主は退散じゃ。皆の衆、メリークリスマス！」

子どもたちの声が初めてはじけた。

「メリークリスマス」

覚念も声を張りあげた。

「メリークリスマス」

解説

瀧《たき》井《い》朝《あさ》世《よ》
（フリーライター）

荻原作品が与えてくれる笑いは、ちょっと質が違う。ゲラゲラでもなく、クスクスでもない。いや、もちろんそんな笑いを引き起こす描写もあるのだが、最終的にはいつだって、ニッコリと微笑ませてくれる。泣き笑い、と言ったほうが近いかもしれない。幸福感の中にちょっぴり切なさが混じっていたり、落胆の中に滑稽味が含まれていたりして、登場人物たちのことが愛おしくてたまらなくなる。特に日常を過ごす人々の現実を巧みに切り取った短編集では、その持ち味が十二分に発揮されている。つまり、本書はそういう一冊なのだ。

人生悲喜こもごも、という言葉をしみじみと実感させるこの作品集に登場するのは、特別面白おかしい人たちでもなく、変わった人たちでもない。自分に似た、あるいは自分の知っている誰かに似ているような人たちばかり。同じ立場になれば、自分だって彼らのような行動を取るかもしれない。いずれにせよ、身近に感じさせる人たちである。

そして七編に共通するのは、彼らがみな差し迫った何かに対峙している状態であるということ。妻が出産間近であるという人生の一大事から、テレビ番組のヒーローになんとしてでもサインをもらう、という他人からすればどうでもいいようなことまで、その状況はさまざまだが、では具体的にどういうことかというと――。


「さよなら、そしてこんにちは」

葬儀会社に勤める青年、陽介が主人公。霊安室や葬儀場など哀しさに満ちた場所が職場だというのに、実は笑い上戸で、いつもこらえるのに懸命。しかも現在妻が出産を控えており、そのことが気になって仕方ない。

「ビューティフルライフ」

中学三年生の不登校児、晴也の生活は一変。リストラされた父親が農園を開くと言い出したため、母親と姉の四人で自然あふれる郊外に引っ越してきたのだ。姉はすぐさま不便さや虫や動物の存在にウンザリした様子。両親は明るく振舞うものの空回りしていて、晴也は冷めて見ていたのだったのだけど……。

「スーパーマンの憂鬱」

スーパーの食品課・非生鮮係長の孝司はテレビのワイドショーに釘付け。番組で「体にいい」と紹介される食品が、必ず売れるからだ。ノルマ達成のために袖の下まで使って事前に情報収集しようとするのだが、さて結果は。

「美獣戦隊ナイトレンジャー」

幼い子供を二人抱えた主婦、由美子は子供向けテレビ番組の超人ヒーローの一人に夢中。しかしどうやら、お気に入りの俳優が降板するらしい。そこで子供たちを引き連れ、サインをもらうためにイベントへ足を運ぶのだが、チャンスを逃してつい、ムチャな行動を取ってしまう。

「寿し辰のいちばん長い日」

東京・蒲田で寿司屋を営む辰五郎は、腕に絶対的な自信を持ち、客たちに対して横柄で鼻持ちならない男。内心では店が流行らないのが不満で仕方ない。そんなある日、グルメ評論家らしい男が店に現れて、辰五郎はこれが正念場とばかりに張り切る。

「スローライフ」

夫の仕事の都合でイタリアに四年住み、そこで覚えた料理のレシピ本を出したところ、ブームに乗って今やマスコミにひっぱりだことなった美也子。今日もテレビの取材が来るというのに、書かねばならない原稿がたっぷり残っていてもう飽和状態。焦りは募る一方。

「長福寺のメリークリスマス」

田舎とはいえ古刹の住職を勤める覚念には、九歳年下の若い妻と幼い娘がいる。年の暮れを迎えようとしている頃、彼女たちにクリスマスを祝いたいと言われて拒絶するものの、もちろん家族を喜ばせてあげたい気持ちもあるため思い悩むことに。

全編に共通するのは、仕事小説という側面を持っているということ（専業主婦も登場するが、やはり幼い子供を育てることは責任重大な労働だと思う）。どんな手を使っても情報を入手しようとするスーパーの店員だって、グルメ評論家に媚びを売る寿司職人だって、いってみればみな、自分の職務に忠実であろうとしているだけなのだ。いい働きをしたい、実績を残したい、人に喜ばれたい。真面目に働いている人なら誰だってそう感じるもの。でも仕事というのは往々にして理不尽で、思いどおりにはいかないし、プライドが傷つけられることだってある。何かしらの業務でふんばったことのある人なら、彼らの悲哀が身に染みるのではないだろうか。荻原さんの小説では登場人物の生業がテーマであったり重要な鍵となっていることが往々にしてあるが、仕事と本気で向き合っている時には、何かしらの感情の動きや大きな変化が生まれるということがよく分かる。

もうひとつ、数編に共通するのは家族小説の一面も持っているということ。子供が生まれる青年、農業に転職すると言い出した父親、子育てに追われる主婦、一家を支えるスーパーの店員、そして妻子を持つお寺の住職。彼らが真面目に働こうとしている背景には家族を養うという目的もある。そして家族がいるからこそ、自分ひとりで勝手に行動できずに葛藤が生まれるのであり、彼らを守るために必死にならざるをえないというものだ。しかしそこで描かれるのは一致団結して協力しあう家庭でもなく、離散寸前の殺伐とした一家でもない。ちょっとだけ距離があったり、思いがすれ違ったりしているところがなんともリアル。そこがまた読み手の共感を誘う。

この七編の中には、前向きな方向で終わる話もあれば、肩を落としてしまう結果を迎えるものもある。ただ、ハッピーエンドだとしても一発逆転の大団円というわけではなく、残念な結末でもそれで一巻の終わりというわけではない。このさじ加減が絶妙。きっと、ここで切り取られたのは、のちのち振り返った時、微笑むことができるエピソードだろう。人生にそんなこともあったな、と笑って思い出せることだろう（と信じたい）。描かれるのは、どこまでも現実的な事柄なのである。ごく普通の人たちの、ごく普通の生活の中にもこんな山や谷がある。日常というのは決して退屈なものではないのだ、と気づかせてくれる。

荻原作品が温かな笑いをもたらしてくれるのは、そうしてみんなが頑張っている姿を丁寧に描き出してくれるから。仕事で成果を出すことに、家族を守ることに、そして明日をよりよく生きることに、みんな頑張っている。その姿はいつでも美しいとは限らなくて、時には情けないし、時にはみっともない。そんな様子を読んでも嗤う気持ちになれないのは、自分にもこういう瞬間があると分かっているから。だから応援したくなる。そして励まされもするのだ。

辛いことがあって、楽しいことがあって、腹立たしいことも恥ずかしいこともある。喜びの次に落胆が訪れたり、不安が去って安堵がやってきたり。この短編集は、いろんな出来事と同時に、いろんな感情と出合って別れていくのが、私たちの日常だということを、再確認させてくれる。

まさに人生は「さよなら、そしてこんにちは」であるということを。

二〇〇七年十月　光文社刊

光文社文庫

さよなら、そしてこんにちは
著者　荻《おぎ》原《わら》浩《ひろし》

2010年11月20日　初版1刷発行
2010年12月25日　3刷発行

発行者　駒井稔
印刷　慶昌堂印刷
製本　ナショナル製本

発行所　株式会社光文社
〒112-8011　東京都文京区音羽1-16-6
電話　(03)5395-8149　編集部
8113　書籍販売部
8125　業務部

ISBN978-4-334-74868-5　Printed in Japan

組版　慶昌堂印刷

お願い　光文社文庫をお読みになって、いかがでございましたか。「読後の感想」を編集部あてに、ぜひお送りください。

このほか光文社文庫では、どんな本をお読みになりましたか。これから、どういう本をご希望ですか。

どの本も、誤植がないようつとめていますが、もしお気づきの点がございましたら、お教えください。ご職業、ご年齢などもお書きそえいただければ幸いです。当社の規定により本来の目的以外に使用せず、大切に扱わせていただきます。

光文社文庫編集部

光文社文庫　好評既刊

名のない男　大藪春彦
戦いの肖像　大藪春彦
唇に微笑心に拳銃　大藪春彦
血の罠　大藪春彦
女豹の掟　大藪春彦
春宵十話　岡潔
イヴの夜　小川勝己
霧のソレア　緒川怜
恋愛迷子　小川内初枝
神様からひと言　荻原浩
明日の記憶　荻原浩
あの日にドライブ　荻原浩
野球の国　奥田英朗
泳いで帰れ　奥田英朗
鬼面村の殺人　折原一
猿島館の殺人　折原一
望湖荘の殺人　折原一

丹波家の殺人　折原一
模倣密室　折原一
劫尽童女　恩田陸
蜜の眠り　恩田陸ほか
最後の晩餐　開高健
新しい天体　開高健
日本人の遊び場　開高健
ずばり東京　開高健
過去と未来の国々　開高健
声の狩人　開高健
サイゴンの十字架　開高健
白いページ　開高健
眼ある花々／開口一番　開高健
ああ。二十五年　開高健
トリップ　角田光代
オイディプス症候群（上・下）　笠井潔
名犬フーバーの事件簿　笠原靖